U0794502

# 盛世长歌

## ——唐诗背后的故事

李小菊 编著

全国百佳图书出版单位
时代出版传媒股份有限公司
黄山书社

**图书在版编目(CIP)数据**

盛世长歌——唐诗背后的故事 / 李小菊编著. -- 合肥 : 黄山书社, 2015.7
（古典新读. 第2辑, 中国古代的诗书意趣）
ISBN 978-7-5461-5157-1

Ⅰ. ①唐… Ⅱ. ①李… Ⅲ. ①唐诗-诗歌欣赏-通俗读物 Ⅳ. ①I207.22-49

中国版本图书馆CIP数据核字(2015)第175683号

盛世长歌——唐诗背后的故事 李小菊 编著
SHENGSHI CHANGGE TANGSHI BEIHOU DE GUSHI

出 品 人 任耕耘
总 策 划 任耕耘 蒋一谈
执行策划 马 磊
项目总监 高 杨 钟 鸣
内容总监 毛白鸽
编辑统筹 张月阳 王 新
责任编辑 江一常
图文编辑 晏一群
装帧设计 李 娜 李 晶
图片统筹 DuTo Time
出版发行 时代出版传媒股份有限公司（http://www.press-mart.com）
黄山书社（http://www.hspress.cn）
地址邮编 安徽省合肥市蜀山区翡翠路1118号出版传媒广场7层 230071
印 刷 安徽联众印刷有限公司
版 次 2015 年 10 月第 1 版
印 次 2015 年 10 月第 1 次印刷
开 本 710mm × 875mm 1/32
字 数 188千
印 张 7.75
书 号 ISBN 978-7-5461-5157-1
定 价 26.00 元

服务热线 0551-63533706
销售热线 0551-63533761
官方直营书店（http://hsssbook.taobao.com）

**版权所有 侵权必究**
凡本社图书出现印装质量问题，请与印制科联系。
联系电话 0551-63533725

# 前言

在我国珍贵的文学遗产中，唐诗是最瑰丽的一颗明珠。它数量庞大，题材广泛，形式多样，代表了我国古典诗歌创作的最高水平，历来深受人们喜爱。它以深刻的思想内涵、幽远的美学意境和动人的情感体验，为我们展示了一个丰富而深邃的艺术世界。

每一首唐诗，都必然有一个故事。诗人在创作诗歌时，必然处于某种特殊情感状态之中，受到某种特殊情景的触动，在某一事件的激发下，写下了这一首首动人心魄的诗歌。那么，这是一种什么样的情感状态？什么样的环境氛围？什么样的事件背景？这是我们阅读唐诗时自然而然会引发的疑问。然而随着时间的流逝，这些或者浪漫，或者凄美，或者悲壮，或者动人的唐诗故事，大多湮没在历史尘埃中，仅有一些流传下来，留下的诗歌给我们提供了无限遐想的空间。本书就是在深刻理解诗歌意蕴的基础上，结合时代背景和作者的生平事迹以及诗歌的创作背景，运用合理的想象，为我们还原一个又一个唐诗背后的故事。这些故事有一些是历史上确有其事，流传至今，如白居易的《赋得古原草送别》；而有一些故事则没有什么事件线索，我们就依据诗歌本身的内容和时代背景进行想象创作，如王昌龄的《闺怨》。还有一些唐诗的传说故事历史上不止一个，我们就把这些传说都收进来，帮助大家了解其背景，进而深入领会诗歌意蕴。全书大概依诗歌内容分为“人生百味”、“社会万象”、“壮志雄心”、“登临怀古”、“深情厚谊”、“酬答唱和”、“秀美河山”等几类，这也代表了唐诗的几大主要内容。我们对诗中的疑难字句进行注释，简要介绍作者的生平事迹、思想倾向和创作背景，这些都有助于我们了解诗歌的思想内涵。同时我们也对诗歌进行艺术鉴赏，并收录了一些名家对诗歌的评点，以帮助读者了解它的艺术价值。

唐诗的注释评点之书层出不穷，本书所收集的唐诗作品，都是脍炙人口的经典之作。其独特之处，就在于它在比较全面的注解之外，以故事的形式解读唐诗，并配以精美的图画，让我们以更形象、更具体的方式记忆唐诗、品味唐诗，更深入地体味唐诗丰富的思想世界和艺术世界。

本书在编纂过程中参考、融会了前人诸多著作和研究成果，限于体例，未注明出处，特此说明。另外，本书所选唐诗篇目非常有限，难免偏颇，疏漏与失误之处，敬请读者批评指正。

目录

## 清茶几许，人生百味

## 红尘百幻，万象浮华

## 金戈铁马入梦来



## 望尽天涯怀古路

## 人生若只如初见

## 牙琴须遇知音解



## 最爱山河行不足

清茶几许，人生百味

## 在狱咏蝉

骆宾王

西陆①蝉声唱，南冠②客思侵。
那堪玄鬓③影，来对白头吟！
露重飞难进，风多响易沉。
无人信高洁，谁为表予心？



**【注释】**

①西陆：指秋天。《隋书·天文志》：“日循黄道东行……行西陆谓之秋。”

②南冠：指囚徒。《左传·成公九年》：“晋侯观于军府，见钟仪，问之曰：‘南冠而絷者谁也？’有司对曰：‘郑人所献楚囚也。’”

③玄鬓：指蝉。

**【鉴赏】**

骆宾王（约638—？），字观光，婺州义乌（今浙江义乌）人。七岁能文。曾任武功、长安主簿。武后时，曾数次上疏言事，被贬为临海（今浙江天台）丞，郁郁不得志，遂弃官而去。后来徐敬业起兵讨武，骆宾土为其府署，作《为徐敬业讨武曌檄》。徐敬业兵败，骆宾王逃亡，或说被杀，或说为僧，不知所终。其诗与王勃等齐名，是“初唐四杰”之一，擅长七言歌行。

骆宾王像

这首诗是咏物名作。开头用对偶起句，用比兴的手法，以蝉声引起下文的狱中客思。三、四句是流水对，“玄鬓”指蝉，“白头”指诗人，意思是那蝉儿还是两鬓乌黑，而我却已是两鬓斑白了。联想诗人在政治上屡次失败，至今一事无成，诗人的白头更令人同情。一、二句和三、四句分别物我相对，相互映照。至五、六句则全用比体，虽全是写蝉，却无不在写作者的境遇，以“露重”、“风多”比喻艰苦的环境，以“飞难进”、“响易沉”比喻政治上的不得意和自己因议论而受压制。最后两句以蝉的口吻，表白自己的高洁：无人相信我高洁的品性，我向谁表白心迹呢？作者以秋蝉自喻，取譬巧妙，感情充沛，语多双关，物我交融，抒发了才人失路之悲，语意悲痛深沉。

**【诗情演绎】**

骆宾王孤独地站在监狱那狭小的窗口前，清瘦的脸庞上写满愁苦与不屈，深陷的双眼充满忧郁。已经是深秋时节，片片红叶飘零，阵阵鸿雁南飞，虽然那红叶离开枝头，飘向大地，可它那飞旋的身影是自由的；虽然鸿雁年年南飞，可它们飞翔的身影也是自由的。而自己，一个志向远大、见解独到的人，却因为说了自己身为人臣该说的话，做了自己出于道义该做的事，而身陷囹圄。尽管如此，他却毫不后悔，虽然身体不自由，他却有着活跃而自由的思想；虽然身陷囹圄，他却仍然有着一颗自由的心。

他正透过那小小的窗口目送一队大雁消失在有限的视野之内，突然，传来一声高亢尖利的蝉鸣，监狱里那令人窒息的沉寂蓦然被打破。那蝉鸣犹如一声霹雳，震得骆宾王全身一抖。蝉，这小小的一只鸣虫，却有着如此洪亮的叫声，它整个夏天、秋天都在不知疲倦地鸣叫，不管人们怎么恐吓、骚扰，都不能打断它的歌声，它是多么坚强执着。想到这里，骆宾王自嘲地笑了笑，自己与这小小的蝉儿是多么相似啊：资质柔弱，却又自视甚高。蝉儿那薄如轻纱的羽翼，在雾气重时就难以飞行，它那单薄的声音往往被呼啸的秋风掩盖。可是即使如此，它还会顶着重雾狂风，不屈不挠地高声鸣叫。自己何尝不像一只小小的蝉儿呢？自从少年时代开始，就像蝉儿一样为种种不平之事奔走呼告，希望能改变不合理的现状。虽然自己才三十多岁，却感觉像已经白头的老翁，一事无成，如今又身陷囹圄，心力交瘁。自己被囚在这里，倒没有什么，可是，自己对国家的一腔忠爱之忱，即使是当政者本人也无法体会，这种伤痛却是无论如何也无法释怀的。他的心情一下子变得激愤起来，只是因为自己上疏论事触犯了武后，他们就以贪赃的罪名把他打入监牢，这是他最不能接受的。这是对他人格的极大侮辱，蹲监狱他不怕，可是诬陷之辞却是对他极大的伤害。有谁能知道自己是清白的呢？有谁知道自己直言进谏，是出于一片忠诚之心呢？骆宾王猛然把头低了下来，两行清泪无声地滴落下来。

## 回乡偶书（之一）

贺知章

少小离家①老大回，
乡音无改鬓毛衰②。
儿童相见不相识，
笑问客从何处来。

**【注释】**

①少小离家：贺知章37岁中进士，在此以前就离开家乡。回乡时已年逾八十。
②衰（cuī）：疏落。

**【鉴赏】**

贺知章像

贺知章（659—744），字季真，自号四明狂客，著名诗人、书法家，会稽永兴（今浙江萧山）人。武则天证圣元年（695）进士，授国子四门博士，后历任太常少卿、礼部侍郎、太子宾客，授秘书监。天宝三载（744），请为道士，归故里，有诏赐镜湖以居。他于此时写下这首诗。贺知章为人放达，好饮酒，与李白友善，与李白、张旭、汝阳王李琎、李适之、崔宗之、苏晋、焦遂等合称为“饮中八仙”；与张旭、张若虚、包融并称“吴中四士”。其诗今存二十首，多祭神乐章和应制之作，写景之作较清新通俗。

这首诗写诗人离家几十年来第一次回到家乡时的见闻与感受，抒发了久客伤老之情。第一、二句写诗人回到故乡时的心理活动：当年自己离开家乡的时候风华正茂，如今回到故乡，已经垂垂老矣；虽然自己满口的乡音未变，却已经是两鬓斑白。第一句中“少小离家”与“老大回”形成鲜明的对比，感慨自己多年未回故里；第二句承接第一句的意思与写法，“乡音无改”与“鬓毛衰”相对，以不变的乡音对由乌黑变为斑白的头发，说明岁月逝去。这两句以概括的语言写出诗人几十年久客他乡的事实，虽然直写事实，却透露出年迈还乡的无限伤感。第三、四句写自己回乡路上遇到的一个小插曲：故乡的儿童见到一个白发苍苍的陌生人来到家乡，就笑着询问：“客人，你是从哪里来的？”这是一个充满喜剧意味的场景，自己本是故乡之人，却被故乡的孩子称为“客人”，写出了诗人长期滞留他乡，以致回到家乡反主为客的尴尬与悲哀。虽然只是随意一问，却在诗人心中引起巨大的波澜。全诗就在这有问无答中悄然作结，既表现了作者哑口无

言的尴尬，也表现出作者的黯然神伤。全诗一、二句平平而叙，三、四句却峰回路转，别有情趣，虽然久客伤老之情令人伤感不已，但儿童笑问的场景也令人忍俊不禁。全诗感情自然真诚，语言朴实无华，不事雕琢，给人一种山河依旧、人事不同，人生易老、世事沧桑的感慨，余味悠长。

**【诗情演绎】**

曲曲折折的乡间小道上，悠悠然走来一骑小毛驴。毛驴上坐着须发皆白、面容清瘦的贺知章。毛驴从田间小路穿过，田野里，新插的早稻嫩绿嫩绿，油菜花绽放出娇黄的花蕊，浓郁的花香沁人心脾。田畔沟边，都是刚抽了新芽的杨柳，贺知章贪婪地呼吸着青苗和花香的气息，深情地凝视这片肥沃的土地。五十多年！他有五十多年没有回到这片土地上了。他还记得这土地的芳香和青苗的气息，可是，故园可记得他——当年那个“狂客”？

自从出门追寻自己的理想，他就再也没有机会回到故乡。回想自己的一生，也曾志得意满，也曾暗自神伤，也曾仗义疏财，也曾金龟沽酒。他想起自己结交的无数挚朋好友，和他们在一起举杯邀月，吟诗作对，恣意欢笑。他想起自己这么多年来的仕宦生涯，虽然也曾失意落寞，但还是多承皇上赏识，一直做到了太子宾客。如果不是此次自己决意要走，今生真的要老死他乡了。他想起了皇上对自己的厚爱，虽然皇上不同意自己告老还乡，可最终还是答应了，还把故乡的镜湖赐给自己，这真让他受宠若惊。他想起临行时浩大的告别场面，玄宗皇帝为他设宴饯行，并令文武百官赋诗送行。他想起忘年交才子李白写给他的诗：

镜湖流水漾清波，狂客归舟逸兴多。
山阴道士如相见，应写黄庭换白鹅。

这是李白把他比作喜爱白鹅的大书法家王羲之，说他回到家乡，必然有爱好书法的人们像山阴道士一样，拿一群白鹅来换请他写《黄庭经》。想到这里，他不由微笑起来，是啊，回到家乡，养养花草，看看闲书，赋几首小诗，练一练书法，这就是自己晚年的生活了。这种闲适随心的生活是忙碌了一生的贺知章求之不得的。他不由得催促起那只小毛驴，恨不得一步就回到故园。

《骑驴思归图》【局部】唐伯虎（明）

毛驴把他带到了镜湖旁边。镜湖，名不虚传，它那平静的湖面果然就像一面镜子，那么清澈，远远望去，如银盘闪亮，到了近处，它又变得湛蓝。镜湖旁边，梦中的家乡已遥遥在望了，那如梦如烟的树林，那袅袅的炊烟，已经那么近了。可是，近乡情更怯，贺知章心中充满了复杂的感情。五十多年了，当年的亲朋不知还有几个在人世，当年的故乡还认得他这个孩子吗？他不顾一切地奔赴家乡，家乡是否肯接纳他？

这时一阵孩子们的嬉笑声打断了贺知章的沉思，他抬头望去，几个扎着羊角小辫的孩子跑了过来。他们见到这个白胡子老头，唧唧喳喳地围了上来。从他们那天真的笑脸上，贺知章似乎找回了童年的记忆。一个孩子仰起脸来打量着他，笑嘻嘻地问道："你是从哪里来的客人呀？你找谁呀？"客人？贺知章犹如挨了当头一棒，无言以对，怔在那里。老半天，他才回过神来，那群唧唧喳喳的孩子早已跑远了。是啊，五十多年没回来，家乡还有谁会认得他呢？贺知章心中充满了老迈衰颓的悲哀。他目光哀伤地注视着微微泛起碧波的镜湖水，是啊，自己离别家乡这么多年，当年的熟人多半已经谢世了。只有门前这碧绿的镜湖水，年年依旧。他不由得以低沉而伤感的语调，轻轻地吟哦道：

少小离家老大回，乡音无改鬓毛衰。
儿童相见不相识，笑问客从何处来。

离别家乡岁月多，近来人事半消磨。
惟有门前镜湖水，春风不改旧时波。

## 南陵别儿童入京

李白

白酒新熟山中归，黄鸡啄黍秋正肥。
呼童烹鸡酌白酒，儿女嬉笑牵人衣。
高歌取醉欲自慰，起舞落日争光辉。
游说万乘①苦不早，著鞭跨马涉远道。
会稽愚妇轻买臣②，余亦辞家西入秦。
仰天大笑出门去，我辈岂是蓬蒿人③！

**【注释】**

①万乘：“乘”读 shèng。万乘：指车辆，也指天子。周朝制度，天子地方千里，出兵车万乘，诸侯地方百里，出兵车千乘，故称天子为“万乘”。

②买臣：即朱买臣，汉儒生，以打柴为生，妻子嫌他贫穷而离开，后为太守。

③蓬蒿人：草野间人，指未仕。

李白像

**【鉴赏】**

李白（701—762），字太白，号青莲居士。祖籍陇西成纪（今甘肃秦安东），他的先祖因罪迁到中亚碎叶（今巴尔喀什湖南的楚河流域），李白出生后随父亲又迁回四川绵州昌隆（今四川省江油县）青莲乡，因号青莲居士。李白早年在蜀中读书习剑，学道漫游。25岁时，李白离蜀，长期在各地漫游。天宝初应诏到长安供奉翰林。由于权贵谗毁，仅一年就离开长安，继续他的漫游生活。“安史之乱”时期，李白入永王李璘幕府，后因李璘抗旨被杀，李白也被流放夜郎。中途被赦放还。晚年漂泊困顿，穷苦无依，依归族叔当涂县令李阳冰，次年病卒。李白诗风雄奇豪放，想象丰富，音律多变，富有积极浪漫主义精神。

这首诗描写了李白得知被朝廷召见后的狂喜心情。诗的开头两句写了自己从隐居之地回到家里时家中一派丰收的景象。秋熟季节的欢快场景与诗人愉快的心情互相映衬，更显示出诗人兴高采烈的心情。接着诗人描绘出自己回到家中饮酒庆贺的情景，先是唤家僮烹鸡备酒，儿女受到他热烈情绪的感染，牵着他的衣襟嬉玩。而诗人则又是放声高歌求醉，又是对着落日起舞。这四句诗把诗人豪放的性格和喜悦的心情表现得栩栩如生。“游说万乘苦不早”一句，表明了诗人一直关心社会现实，希望为朝廷献力、为君王尽忠。“苦不早”三字，表现了诗人的急切心情。“会稽愚妇轻买臣”一句，引用了朱买臣的典故。朱买臣早年家贫，他的妻子轻视嫌弃他，离开了他。直到晚年，朱买臣才得到汉武帝的赏识，做了会稽太守。诗人这里自比晚年得志的朱买臣，以朱妻比喻那些曾轻视过自己的世俗小人。“余亦辞家西入秦”一句则说自己如今也像朱买臣一样要西去长安，从此青云直上，得意之情溢于言表。经过前面诸多内容的层层渲染，诗人的得意之情终于难以抑制，他仰天大笑出门去，高呼“我辈岂是蓬蒿人”，把他踌躇满志的形象表现得淋漓尽致。这首诗感情激荡真挚，跌宕起伏，主人公形象生动鲜明，具有极强的艺术感染力。

《行春桥图》唐伯虎（明）

【诗情演绎】

李白入长安的经历非常富有传奇性，因此民间就产生了许多传说。这里就向大家介绍一些关于李白入长安以及在长安时的一些逸闻趣事。

李白一生好酒，仕途不顺，欲遨游四海，看尽天下名山，尝遍天下美酒。他先登峨眉，次居云梦，后又隐于徂徕山竹溪，与孔巢父等六人日夕酣饮，号为“竹溪六逸”。有人说湖州乌程酒非常好，李白于是不远千里来到乌程酒肆中，开怀畅饮，旁若无人。正好湖州司马从此经过，听到狂歌之声，遣从人询问。李白随口答诗四句：“青莲居士谪仙人，酒肆逃名三十春。湖州司马何须问，金粟如来是后身。”司马大惊，问道：“莫非是蜀中李谪仙吗？我早就听说过他的名字了。”于是请李白相见。他留李白饮居十日，赠给李白非常丰厚的礼物。临别时，劝李白去长安应试，李白听从了他的劝说，开始到长安游历。

李白到长安后，一日到紫极宫游玩，遇到了翰林学士贺知章，通姓道名后，彼此相慕。贺知章就邀李白到酒肆中，解下金龟，换酒同饮。到了晚上，贺知章不舍与李白分手，就把李白留在家中下榻，结为兄弟。次日，李白将行李搬至贺知章家，二人每日谈诗饮酒，宾主甚是相得。时光荏苒，不觉试期已迫。当年的主考官是杨国忠，监考官是高力士，贺知章想向这二人推荐李白。李白虽然才高气傲，见贺知章如此热情，也不好违阻。贺知章写了柬帖，投与杨国忠、高力士。二人认为贺知章收了李白的金银，却写封空书信向他俩白讨人情，于是决定考试时，见到有李白名字的卷子，不问好歹，当即批落。时值三月三日，大开南省，天下才人，尽呈卷子。李白才思敏捷，一挥而就，第一个交卷。杨国忠见卷子上有李白的名字，也不看文字，乱笔涂抹道："写这样文章的人，只配给我磨墨，也敢来参加考试。"高力士道："哼，磨墨也不配，只配给我脱靴。"喝令将李白推抢出去。李白遭遇如此屈辱，回至贺知章宅中就立誓道："以后我若得志，定教杨国忠为我磨墨，高力士给我脱靴，方才满意。"

光阴荏苒，不觉一载。忽然有一天，朝廷收到渤海国送来的一封国书，书中文字奇特，玄宗宣翰林学士宣读，那些学士却一字不识。玄宗闻奏，让南省试官杨国忠开读。杨国忠临书双目如盲，也不认得。天子询问满朝文武，竟无一人晓得，不知书上有何吉凶言语。玄宗龙颜大怒，喝骂朝中无人，敕限三日，如果仍无人识此番书，满朝文武皆将被罚。

贺知章下朝回家，将此事告诉了李白。李白微微冷笑道："可惜我李某去年不曾及第为官，不得与天子分忧。"贺知章大惊，道："想必贤弟博学多能，辨识番书，下官当于驾前保奏。"次日贺知章入朝越班奏道："臣启陛下，臣家有一秀才，姓李名白，博学多能，要辨番书，非此人不可。"天子准奏，立即派使臣宣召李白。李白告诉朝廷使者道："臣乃远方布衣，无才无识，今朝中有许多官僚，都是饱学之儒，何必问及草莽，臣不敢奉诏，恐得罪于朝贵。"使者回朝告知皇帝。玄宗不知李白为何推辞，就问贺知章："不知李白为什么不肯奉诏来朝？"贺知章奏道："李白文章盖世，学问惊人。去年试场中，被考官屈批了卷子，推抢出门，今日教他白衣入朝，必有不甘。请陛下赐以恩典，再遣一位大臣去请他，必然奉诏。"玄宗道："依卿所奏。钦赐李白进士及第，着紫袍金带，纱帽象简见驾，就请爱卿你亲自去迎接他吧。"贺知章领旨回家，向李白转达了皇帝求贤若渴的心意。李白穿了御赐袍服，与贺知章一同入朝。玄宗见李白气度不凡，如获至宝，当即就命侍臣捧番书赐李白观看。李白看了一遍，在御座前直接用唐音译出，宣读如流。原来渤海要向大唐索要高丽一百七十六城，如果大唐同意，渤海国愿意入贡来朝，如果大唐不同意，渤海国就要起兵侵唐。

文武百官听完大惊失色，面面相觑，也对李白的博学佩服不已。玄宗听罢，龙颜不悦，沉吟良久，询问对策，两班文武如泥塑木雕，无人敢应。贺知章启奏道："陛下试问李白，他必然有退敌良策。"玄宗就召李白问策。李白奏道："此事不劳圣虑，来日宣番使入朝，臣当面回答番书，定让番国可毒（渤海国对君主的称呼）拱手来降。"天子圣心大悦，当日拜李白为翰林学士，并设宴于金銮殿，盛待李白。李白尽量而饮，不觉酒浓身软。天子令内官扶于殿侧安寝。

次日五鼓，天子升殿，李白宿酒未醒，内官催促进朝。百官朝见已毕，天子召李白上殿，见他尚带酒容，两眼兀自有蒙眬之意。天子吩咐内侍，叫御厨做醒酒酸鱼羹来。须臾，内侍用金盘捧来鱼羹。天子见羹气太热，亲自取牙箸调试，赐给李白。李白跪而食之，顿觉爽快。文武百官见天子恩幸李白，有惊有喜，惊者怪其破格，喜者喜其得人。只有杨国忠、高力士愀然不乐。圣旨宣番使入朝，李白道："小邦失礼，圣上洪度如天，不予计较，有诏批答，你要好好地听。"番使战战兢兢跪于阶下。

玄宗赐李白到御榻前，坐锦墩草诏。李白奏道："臣靴不净，有污前席，望皇上宽恩，赐臣脱靴结袜而登。"天子准奏，命令内侍给李学士脱靴。李白又奏道："臣有一言，乞陛下赦臣狂妄，臣方敢奏。"天子道："任卿失言，朕亦不罪。"李白奏道："臣前入试春闱，被杨太师批落，高太尉赶逐，今日见二人押班，臣之神气不旺。乞陛下吩咐杨国忠为臣捧砚磨墨，高力士给臣脱靴结袜。臣意气始得自豪，举笔草诏，口代天言，方可不辱君命。"天子用人之际，恐拂其意，只得传旨，教杨国忠捧砚，高力士脱靴。二人心知肚明，前日科场中轻薄了他，今日他恃天子一时宠幸，就来报复。出于无奈，不敢违背圣旨，只是敢怒而不敢言。于是高力士给他脱靴结袜，李白登上御座，坐于锦墩。杨国忠磨得浓墨，捧砚侍立。李白此时洋洋得意，手揽仙髯，举起毛笔，向五花笺上手不停挥，须臾，草就《退蛮书》。

天子闻之大喜，再命李白对番官面宣一遍，李白声韵铿锵，番使吓得面如土色，唯唯而退。天子命贺知章送番使出都门，番使私下问道："方才读诏者何人？"贺知章道："姓李名白，官拜翰林学士。"番使道："他有多大的官，使太师捧砚，太尉脱靴？"贺知章道："太师大臣，太尉亲臣，他们不过是人间之极贵。那李学士乃天上神仙下降，赞助天朝，更有何人可及。"番使点头而别，归至本国，与国王述之。国王看了国书，大惊，与国人商议，天朝有神仙赞助，如何敌得。写了降表，愿年年进贡，岁岁来朝。

## 将进酒①

李白

君不见黄河之水天上来，奔流到海不复回。
君不见高堂明镜悲白发，朝如青丝②暮成雪③。
人生得意须尽欢，莫使金樽④空对月。
天生我材必有用，千金散尽还复来。
烹羊宰牛且为乐，会须⑤一饮三百杯。
岑夫子，丹丘生，将进酒，君莫停。
与君歌一曲，请君为我侧耳听。
钟鼓馔玉⑥不足贵，但愿长醉不愿醒。
古来圣贤皆寂寞，惟有饮者留其名。
陈王⑦昔时宴平乐⑧，斗酒十千恣欢谑⑨。
主人何为言少钱，径须沽取对君酌。
五花马，千金裘，呼儿将出换美酒，与尔同销万古愁。

【注释】

①将（qiāng）进酒：原是汉乐府劝酒歌的曲调。
②青丝：指黑发。
③雪：指白发。
④金樽：指名贵的酒器。
⑤会须：正应当。
⑥钟鼓：富贵人家宴会时用的乐器。馔玉：指精美的饮食。

⑦陈王：三国时曹操的儿子曹植，曾被封为陈王。
⑧平乐：平乐观，在长安西门外。
⑨恣：尽兴。欢谑：嬉笑。

【鉴赏】

《将进酒》原是汉乐府劝酒歌的曲调。李白的《将进酒》酣畅淋漓地抒发了诗人不能一展其才的悲愤，吐露了既怀才不遇，又渴望建功立业的痛苦、矛盾心情。诗歌一开篇用两个“君不见”的呼告，引发出两组排比长句，如挟天风海雨般向读者迎面扑来。诗的前两句写黄河之水奔流到海，一去不复返，写人的生命转瞬即逝。三、四句则用夸张的手法，悲叹人生短促，将人生由年轻至衰老的全过程说成是朝暮之间的事，把本来就短暂的时间说得更短暂，充满震撼人心的悲壮之感。这种长句排比开篇，具有惊心动魄的艺术力量，充满激荡人心的感情色彩。五、六句则从这种对人生苦短的悲伤中逆转过来，翻悲作欢，宣扬及时饮酒行乐，莫负光阴的人生理念。“天生我材必有用”句，是诗人对自我价值的自信和肯定，既有对目前怀才不遇的消极思想，更充满了渴望建功立业的积极思想，这才是诗人思想的本质。有了这种高度的自信，诗人对待金钱才潇洒无比，相信散尽千金仍会有重新获得的时候，他驱使金钱而不为金钱所使，整头整头地杀牛宰羊，不喝上三百杯决不罢休。这是何等的痛快豪迈！诗歌内容从对人生的感慨转向眼前的酒筵，面对美酒，诗人变得狂放不羁，他高声劝告朋友岑夫子和丹丘生尽情喝酒，把筵席上醉酒之人的形态、口气描写得惟妙惟肖。他还要“与君歌一曲，请君为我侧耳听”，此句以下六句，即是诗人所唱酒歌，这种歌中之歌，真可谓奇思妙想，神来之笔。他高歌道：那种钟鸣鼎食的富贵生活不足为贵，我愿意饮酒长醉。他激愤地说道：自古那些圣贤是多么寂寞，只有善饮者才在历史上留下他们的名字。诗人虽然说的是圣贤之寂寞，他自己何尝不因怀才不遇而寂寞？这两句诗借古人之酒杯，浇自己之块垒，可谓是借酒浇愁。紧接着，诗人举出陈王来说明饮者留名的事。但是陈王曹植因为才德超群而被亲兄弟所忌，有志难展，诗人对陈王的不幸境遇充满同情。诗歌至此从酒歌渐渐露出对不平政治遭遇的愤怒控诉，但是这种情感稍纵即逝，转而又开始说起面前的酒了。他狂放地让主人不必担心他们钱少，只管沽酒来饮。他们那名贵的五花宝马，价值千金的裘皮大衣，只管拿出来换酒喝。这种放荡任情的做法把诗人的狂放豪迈之情渲染到了极致。但是诗歌最后却突然迸出一句“与尔同销万古愁”，照应开头之“悲”，把诗人这种任情放纵之下的悲愁暴露无遗，使诗歌的含义更加深沉，令人回味无穷。整首诗大开大阖，笔墨酣畅，感情极其狂放悲愤，语言极其豪放雄浑，具有震撼人心的气势和力量。这与诗歌大量运用夸张的艺术手法不无关系，但更与诗人强烈而深沉的感情力量有关。诗歌通篇以七言为主，杂以十言、五言、三言，参差错落，读来铿锵有力。尤其是其中以简短的杂言进行点染，使得节奏疾徐有致，感情收放自如。

**【诗情演绎】**

自从离开长安之后，李白已经在东鲁、梁园等地漫游多年了。天宝十载（751），他来到了幽燕之地，四处漫游，了解民情。正在这时，他收到了好友岑勋的来信。李白当时正在山上松间游玩，于是就靠在松树上打开书信。原来，岑勋现在在元丹丘那里，他们两个人登高饮酒，忽然想到了李白，非常想念他，就写了这封信，邀请他到嵩山登高饮酒。李白见到信后，回忆起他们曾经在一起饮酒放歌的日子，也非常想念这两位朋友，于是就不远千里，专门从燕地赶到了颍阳。

相见之欢自不必言，相聚饮酒更是必不可少的。他们来到一家酒店，沽酒买肉，放情狂饮。他们究竟喝了多少？已经记不清了。元丹丘酒量不济，已经想打退堂鼓了。可是李白的兴致还是那么高昂，一杯接一杯，狂饮，高歌，大笑，显得那么兴奋。“酒中仙，他真的是酒中仙啊。”元丹丘不由得对自己说。看到元丹丘坐着不喝酒，李白站起身来，身形摇晃，站立不稳，可是盛满酒的酒杯却稳稳地擎在手中，他右手握杯，左手一挥，向远方一指，说道：“你难道没有看见那滔滔黄河水从天而来，一泻千里，势不可当；它向大海奔去，势不可回！你难道没有看见高堂之上，明镜之中，早晨还黑如青丝的头发到晚上就已经变白！人生，人生！人生就如那黄河之水，一去不复返，何其短暂！”他转过头来，对着元丹丘说道：“所以啊，只要一时得意高兴，就要痛饮狂欢，及时行乐，千万不要让这金樽空空，对月而不饮哪！”说到这里，他的声音低了下去，只听他不无愤懑地说道：“得意，得意，人生难得几回得意！”他猛然摇了摇头，高声说道：“天生我材必有用，千金散尽还复来！咱们让店家宰牛杀羊，一口气饮他个三百杯！”

《太白醉酒图》苏六朋（清）

岑勋和元丹丘看着酒醉的李白，非常理解他此时的心情，也非常钦佩这位豪迈潇洒的朋友。李白见他们坐着不动，趔趄着向前跨了一步，叫道：“岑夫子，丹丘生，喝啊，喝，不要停下来。我跟你们说，钟鼓馔玉，那些豪门贵族的豪华生活，有什么稀罕呢？我但愿长醉不愿醒！你们看那些自古以来的圣贤，哪一个不是无比寂寞，只有那些饮者留下名来！三国时期的陈王曹植，在长安城外的平乐观设宴，斗酒十千，尽情嬉笑欢乐，多么让人向往！”元丹丘望了望岑勋，他深深理解李白此语的含义。那斗酒十千的陈王，是因为才华过人，被兄弟曹丕所忌，才不得已纵酒寻欢。李白口出此语，足见他还在为自己怀才不遇而愤愤不平。他不由得心疼起李白来，开玩笑地说道：“李兄，少喝些吧，我的钱可不够了啊。”谁知李白一本正经地说道：“丹丘兄，你怎么说钱不够呢？你只管叫店家拿酒上来，我要与君一醉方休。我的五花宝马、千金皮裘，都拿去，换酒喝，我要和你们一醉方休，与你们同销万古愁！”

酒店里，三位已带醉意的酒客，仍然在唤酒狂饮，高呼狂歌……

## 闺怨

王昌龄

闺中少妇不知愁，
春日凝妆①上翠楼。
忽见陌头②杨柳色，
悔教夫婿觅封侯③。

**【注释】**

①凝妆：着意打扮。
②陌头：路边。
③封侯：泛指显赫功名。古人认为男儿应该在战场上建功立业。

**【鉴赏】**

王昌龄（698？—757），字少伯，京兆长安（今陕西西安）人。开元十五年（727）进士及第，补秘书省校书郎。又中博学鸿词科，迁汜水尉。曾贬岭南，开元二十八年（740）任江宁丞，天宝年间再贬龙标尉。“安史之乱”起，避乱江淮，被濠州刺史闾丘晓所害。他和当时许多著名诗人如孟浩然、王维、李白、高适、岑参等都有往来酬唱。王昌龄为开元天宝年间著名诗人，尤擅七绝，与李白的诗合称“联璧”。其诗以多种题材对玄宗后期的黑暗政治和动乱社会作过一些揭露和反映，多写边塞哀愁和闺中幽怨。其边塞诗气势雄浑，格调高昂，有“诗家夫子王江宁”之称。

王昌龄的闺怨诗成就不逊于边塞诗。他善于运用七绝，细腻地描写宫闱或闺阁中女子的心理状态及微妙的心理变化。这首《闺怨》就是他的闺怨诗的代表作。诗歌描写了一位闺妇在赏春时的心理变化。诗歌题目是“闺怨”，可是诗歌一开始却说少妇“不知愁”，这种故意违题的写法，正是要写出她从“不知愁”到“悔怨”的心理变化过程。春光明媚，天真烂漫的她精心梳妆，登楼赏春。第三句情境直转，写她忽然见到杨柳之色而勾起情思：杨柳又绿，春光易逝，年华易老，青春无伴，春情寂寞。第四句写出她由此而生的省悟之情：悔悟当初怂恿“夫婿觅封侯”的过错。诗歌本来要写赏春，结果却变成伤春，生动地表现出少妇的心理变化过程，引人深思，耐人寻味。

**【诗情演绎】**

她坐在梳妆台前，仔细地装扮自己。她用黛笔细挑娥眉，斜插入鬓；她用胭脂淡扫双腮，娇艳无比。她又轻轻以胭脂涂红双唇，望着菱镜中如仙如幻的自己，她满意地笑了。自己本来就是天生丽质，即使不怎么费心地装扮，也娇艳如花。只是日间闲来无事，精心装扮自己，既是一份日常的功课，也是一种消磨时光的方式。当然，她并不愁时日难度，因为她有许多闺中密友，经常你来我往，一起说笑玩耍，共同做些女红针黹。她听到那只画眉鸟儿的鸣叫声，抬头望了望屋檐下的鸟笼，那鸟儿正唧唧喳喳地跳来跳去。今天她可没有多少心思去挑逗这小玩意儿。院子里的太湖山石、锦鲤金鱼、八哥画眉，她都玩烦了。今天，她要登楼赏春。

是啊，不知不觉间，春天已经悄悄地来了，小草儿刚刚从地里冒出头来，杨柳刚刚绿了枝头。昨天同伴折来一枝柳条，使她惊喜无比，不知春天已经来了。只是草色遥看近却无，出外踏青还为时过早，登

楼远望却不失为一种赏春的好方式。这不，今天清晨她早早起床，匆匆吃过一点早饭，就回房精心梳妆，她要登楼赏春。

梳起高高的发髻，穿上最鲜艳的衣裳，带着最清新美丽的容颜和期盼的心情，她轻轻地登上自家的高楼。她的心情单纯而又舒畅，有一点急切地想看到春的景象，但又不失从容悠闲。远处那一脉远山渐渐进入视野，眼前开朗起来，心境似乎也开阔了许多。只是那山的颜色还有些黯淡，若是春暖花开，绿草遍野，各色山花点缀，就会漂亮许多。眼下最漂亮的莫过于那些鹅黄嫩绿的杨柳，那么娇艳，那么充满生机。它们布满了田畔道边，在黯然的冬末春初显得那么醒目。

她望着那些杨柳，心情很好。真想下楼去折些杨柳枝，编成各种各样的小玩意儿，自己玩，也送给好友。想到这里，她不由得微笑起来，自己家院子前的那条大路边种的柳树，年年都被人们折了去，真是可怜。她放眼望去，那些柳树也已绽出嫩黄的枝芽，由于还是早春，枝条还没有被人们折去。忽然，这棵老柳树勾起了她异样的情思。她唇角的笑容慢慢消失了，一种淡淡的忧伤笼上她的眉头。

她想起了去年的春天。那是一个幸福的春天。她刚刚和青梅竹马的他结成夫妻，婚后的生活真是如胶似漆，如鱼得水，甜蜜无比。他高大威武，又胸怀大志，常常希望能建功立业，有所作为。当听说边关又有战事，他毫不犹豫地报名了，希望能够从军远征，立功边塞，求取功名。她听说之后，非常支持他这样做，因为她像当时的许多女子一样，也希望夫婿能够求得功名，光耀门庭，加爵封侯。离别并不哀伤，因为他们心中都抱着美好的期盼，许多像夫婿一样的年轻人都通过边关杀敌而加官晋爵，他们坚信，他也会得胜而归。她像许多告别夫婿的女子一样，折下路边的柳枝，送到丈夫的手中。当时并不觉得难舍难分，只是觉得这种慷慨送夫从军的场面非常好玩，她甚至还对他说："我相信你一定会比别人强，封个侯爵回来！"丈夫也慷慨激昂地高声应允，然后就迈着坚定的步伐走了。

他走了，虽然心里总觉得有些空落落的，但是她仍然过着无忧无虑的日子。她总是浪漫地想象他在前线英勇杀敌、勇往直前的样子，总是充满乐观地想象有朝一日他骑着高头大马、胜利归来的场景。和同伴们一起聊天的时候，她总是坚信自己的夫婿一定会胜过所有这些女伴的丈夫，心中总有一丝优越感和满足感。

可是，为什么今天又见到当年分手时折枝的那棵柳树，她的心中会忍不住有一丝淡淡的伤感呢？去年的早春，也是在这楼上，她正和他并肩而立，充满柔情蜜意地指点春色。春光易逝，转眼已经一年。离别经年，她与丈夫相隔千里万里，音信断阻。两个人的甜蜜情意，如今只能出现在梦中。她忽然想到，高官厚禄，功名利禄，这些怎么能和两个人的长相厮守相比呢？她忽然觉得不忍再看眼前的柳色，匆匆以袖掩面，奔下楼去。那高高的翠楼上，依稀留下一个孤独离去的身影。

# 琵琶行（并序）

白居易

元和十年，予左迁九江郡司马。明年秋，送客湓浦口，闻舟中夜弹琵琶者，听其音，铮铮然有京都声。问其人，本长安倡女，尝学琵琶于穆、曹二善才；年长色衰，委身为贾人妇。遂命酒，使快弹数曲，曲罢悯然。自叙少小时欢乐事，今漂沦憔悴，转徙于江湖间。予出官二年，恬然自安，感斯人言，是夕始觉有迁谪意。因为长句，歌以赠之，凡六百一十六言，命曰《琵琶行》。

浔阳江①头夜送客，枫叶荻花②秋瑟瑟。
主人下马客在船，举酒欲饮无管弦③。
醉不成欢惨④将别，别时茫茫江浸月。
忽闻水上琵琶声，主人忘归客不发⑤。
寻声暗问⑥弹者谁，琵琶声停欲语迟⑦。
移船相近邀相见，添酒回灯⑧重开宴。
千呼万唤始出来，犹抱琵琶半遮面。
转轴⑨拨弦三两声，未成曲调先有情。
弦弦掩抑⑩声声思，似诉平生不得志。
低眉信手⑪续续弹，说尽心中无限事。
轻拢慢捻抹复挑，初为霓裳后六幺⑫。
大弦嘈嘈如急雨⑬，小弦切切如私语⑭。

嘈嘈切切错杂弹，大珠小珠落玉盘。
间关[15]莺语花底滑，幽咽泉流冰下难。
冰泉冷涩弦凝绝，凝绝不通声渐歇。
别有幽愁暗恨生，此时无声胜有声。
银瓶乍破水浆迸，铁骑突出刀枪鸣。
曲终收拨当心画，四弦一声如裂帛。
东船西舫悄无言，唯见江心秋月白。
沉吟放拨[16]插弦中，整顿衣裳起敛容[17]。
自言本是京城女，家在虾蟆陵[18]下住。
十三学得琵琶成，名属教坊[19]第一部。
曲罢曾教善才[20]伏，妆成每被秋娘[21]妒。
五陵年少争缠头[22]，一曲红绡[23]不知数。
钿头云篦[24]击节[25]碎，血色罗裙翻酒污。
今年欢笑复明年，秋月春风等闲[26]度。
弟走从军阿姨死，暮去朝来颜色故。
门前冷落鞍马稀，老大嫁作商人妇。
商人重利轻别离，前月浮梁[27]买茶去。
去来[28]江口守空船，绕船月明江水寒。
夜深忽梦少年事，梦啼妆泪红阑干[29]。
我闻琵琶已叹息，又闻此语重唧唧。
同是天涯沦落人，相逢何必曾相识！
我从去年辞帝京，谪居卧病浔阳城[30]。
浔阳地僻无音乐，终岁不闻丝竹声。
住近湓江[31]地低湿，黄芦苦竹[32]绕宅生。
其间旦暮闻何物，杜鹃[33]啼血猿哀鸣。
春江花朝秋月夜，往往取酒还独倾[34]。
岂无山歌与村笛，呕哑嘲哳[35]难为听。

今夜闻君琵琶语，如听仙乐耳暂明。
莫辞更坐弹一曲，为君翻㊱作琵琶行。
感我此言良久立，却坐促弦弦㊲转急。
凄凄不似向前㊳声，满座重闻皆掩泣㊴。
座中泣下谁最多？江州司马青衫湿㊵。

【注释】

白居易像

①浔阳江：长江的一段，在江西九江北。
②荻花：芦花。
③管弦：管乐器和弦乐器，泛指音乐。
④惨：黯然。
⑤发：出发，启程。
⑥暗问：低声询问。
⑦欲语迟：欲说还休。
⑧回灯：拿灯过来。
⑨轴：琵琶上紧弦的把手。
⑩掩抑：幽咽低回。
⑪信手：随手，不受约束。
⑫拢、捻、抹、挑：弹奏琵琶的四种手法。霓裳、六幺：均为乐曲名。
⑬大弦：指最粗的弦。嘈嘈：声音沉重悠长。
⑭小弦：指最细的弦。切切：弦音幽细。
⑮间关：象声词，形容宛转的鸟鸣声。
⑯拨：拨弦用具。
⑰敛容：严肃起来的意思。
⑱虾蟆陵：在长安东南曲江附近，当时歌女的聚居之地。
⑲教坊：唐代宫内所设练习乐舞的机构。
⑳善才：精通乐理的人。
㉑秋娘：歌妓的通称。
㉒五陵：长安附近汉代五个帝王陵墓，后为富豪聚居地。争缠头：竞相赠送财物。
㉓绡：丝织品。

㉔钿头云篦：妇女头上的饰物。
㉕击节：打节拍。
㉖等闲：轻率，轻易。
㉗浮梁：今江西景德镇，唐代为茶叶集散地。
㉘去来：指商人离去之后。
㉙阑干：纵横流淌的样子。
㉚浔阳城：今江西九江市。
㉛湓江：今名龙开河。
㉜苦竹：伞柄竹。
㉝杜鹃：子规鸟，啼声凄婉。
㉞独倾：独自酌酒而饮。
㉟呕哑嘲哳（zhāo zhā）：形容声音嘶哑，杂乱刺耳。
㊱翻：指按曲调创作歌词。
㊲促弦：拧紧弦轴。
㊳向前：刚才。
㊴掩泣：以袖遮面而哭。
㊵江州司马：作者自指。青衫：唐代官员按等级穿着不同颜色的衣裳。青是文官品级最低的服色。

**【鉴赏】**

白居易（772—846），字乐天，号香山居士、醉吟先生。祖籍太原，后迁居陕西渭南，自幼聪慧好学。贞元十六年（800）进士及第。十八年，与元稹同中“书判拔萃科”，两人订交，后在诗坛齐名，并称“元白”。十九年春，授秘书省校书郎。元和年间任左拾遗及左赞善大夫。后因上表请求严缉刺杀宰相武元衡的凶手，得罪权贵，被贬为江州司马。长庆初年任杭州刺史，宝历初年任苏州刺史，会昌初年，官至刑部尚书，致仕。谥曰“文”。白居易是中唐新乐府运动的主要倡导者，主张“文章合为时而著，歌诗合为事而作”，并将这一主张付诸自己的诗歌创作实践。他的早期政治诗广泛而深刻地反映了当时的社会矛盾，对人民的苦难寄予了深切同情，用词尖锐，主题鲜明。其诗语言通俗明畅，风格平易浅近。

这首诗突出的成就在叙事方面。诗人以完美的艺术形式塑造了琵琶女的形象，深刻地反映了封建社会中被侮辱与被损害的乐伎的悲惨命运，抒发了古今失意人共有的“天涯沦落”之恨。诗歌可以分为四个部分，第一部分从开头到“犹抱琵琶半遮面”，交代写诗的缘起以及琵琶女的出场。从“转轴拨弦三两声”到“唯见江心秋月白”是第二部分，写琵琶女高超的演奏技术。第三部分从“沉吟放拨插弦中”到“梦啼妆泪红阑干”，写琵琶女自诉身世。其余是第四部分，白居易从琵琶女的身世联系到自己无辜受打击的遭遇，抒发了“同是天涯沦落人，相逢何必曾相识”的感慨。

这首诗的叙事艺术非常突出。首先，诗歌叙事与抒怀相结合，叙事的字里行间渗透着对琵琶女的同情，深挚而隽永。如“寻声暗问弹者谁，琵琶声停欲语迟。……

千呼万唤始出来，犹抱琵琶半遮面”几句，把女子的迟疑、腼腆，既难忍受独守空船的寂寞，又不便在夜间与陌生人相会的矛盾心理，十分细致地刻画出来。诗中穿插的景物描写也很好地起到渲染感情的作用。其次，诗歌叙事富于变化，详略虚实，脉络分明，曲折生动。秋夜送客、欲饮无乐、琵琶女出现的过程都写得非常简略，而对琵琶女演奏时的音乐写得非常详尽。琵琶女放拨插弦、整顿衣裳的动作写得很简略，而她自叙身世则写得非常详尽，尤其是她在长安时的欢乐时光，连细节都写了出来。接着在诗人的自述中，贬谪以前的生活只字未提，着重写谪居浔阳一年来的寂寞。

这首诗对音乐的描写达到了出神入化的境界。诗人首先运用比喻手法对音乐形象进行反复形容，以生活中具体的声音描绘各种不同的音乐节奏和旋律。其次，作者通过弹奏者和听者之间的感情交流，描绘出感人至深的音乐效果。第三，作者不仅写有声的音乐，还写了无声的音乐，显示出乐曲中的休止部分，以无声衬托有声，用休止的余韵强调乐曲的效果。

**【诗情演绎】**

一个深秋的夜晚，浔阳江岸边的枫树上满是红叶，水中的芦荻那白花和红叶一起点缀着秋色。白居易和几个朋友来到江边，他是来送别的。他们来到船上，摆酒设宴，想要驱走离别的愁绪，可是几个人谁也提不起精神，连一句可以解闷的话也说不出来。推窗望去，只见寒江茫茫，水波不兴，一轮明月浸在江心，越发显得凄清。忽然，水面上传来动人心弦的琵琶声，白居易和他的朋友们都听得入迷了。顺着声音找去，原来是一位独守空船的妇人，在用琵琶排遣自己的寂寞和哀愁。于是，白居易他们移船相近，邀请她过来相见，并且拨亮灯火，重新安排了酒宴。那妇人带着几分羞怯，推辞着，迁延着，好长时间才抱着琵琶，半遮面容来到他们船上。

有感于白居易他们的盛情，那妇人终于开始弹奏。先是转轴、拨弦、调音，很利索的三两声，虽然还不成曲调，却已是脉脉含情了。每一根弦，每一个音，都压抑着，幽咽着，显出深思的样子，好像在倾吐自己的失意。她的弹奏自然随意，没有一点造作和取悦于人的意思，只是借着琵琶诉说自己的往事和心中无限的感慨。她弹奏的手法非常熟练高超，左手轻拢慢捻，指法很能传情；右手又抹又挑，动作十分准确。她先弹了一首《霓裳羽衣曲》，又弹奏了一首《六幺》。大弦沉着而雄浑，宛如一阵急雨；小弦细促而轻幽，好像一片私语；大弦小弦交织在一起，就像大珠小珠落在玉盘上一样。那琵琶声一会儿像花下的莺语，一会儿像冰下的泉水，曲调富于变化。渐渐地，犹如泉水凝绝，乐声似乎没有了。可是那若断若续的余音，却更能撩动人的情思。忽然，犹如银瓶乍破时水浆迸泻，犹如铁骑突出，刀枪齐鸣，音乐以极快的速度和极大的力度进入高潮。这时，她忽然用拨子一划，四根弦一起发出声响，好像丝帛被猛力撕开，乐曲戛然而止。周围的听众被这琵琶曲深深地感动，沉浸在乐曲的余音中默默无言，只见到江心的秋月闪着皎洁的清辉。

琵琶女整理了一下衣裳，慢慢地讲起了自己的身世。原来，她本是京城长安人。十三岁学得一手好琵琶，她的演技曾使当时著名的琵琶师曹善才叹服，她的美貌曾引起长安名妓秋娘的忌妒。她演奏时五陵一带的豪门弟子如痴如狂，给的赏钱不计其数。年复一年，青春易逝，她年老色衰，门前冷落，只好委身于一个重利寡情的商人，跟他离开长安，来到这浔阳江边。丈夫经常出外经商，只剩她一个人守着空船，以凄清的江月和寒冷的江水为伴。

白居易听了琵琶曲已经非常感动，听了她的自述，联想到自己的遭遇，更是叹息不已。他去年被贬到江州，生活艰辛，又生病卧床，心情十分凄苦。一年到头也听不到丝竹之声，住的地方环境十分恶劣，从早到晚听到的不过是杜鹃啼血的叫声和猿猴的哀鸣。今天晚上听到琵琶女的乐曲，如同仙乐，他请求她再为自己弹奏一曲，要为她翻写一篇《琵琶行》。那女子听说之后，非常感动，又坐下弹奏了一曲。曲调急促而凄凉，满座的人都听得掉下泪来。其中，江州司马白居易的泪水最多，连他那青衫都被泪水沾湿了！

## 赋得古原草送别

白居易

离离①原上草，一岁一枯荣。
野火烧不尽，春风吹又生。
远芳②侵古道，晴翠③接荒城。
又送王孙④去，萋萋满别情。

【注释】

①离离：草长而下垂的样子。
②远芳：伸向远方的草。
③晴翠：阳光下反射的碧草之色。
④王孙：此指远行的友人。

【鉴赏】

由于是一首限题诗，这首诗的鉴赏应从解题开始。诗题从《楚辞·招隐士》中“王孙游兮不归，春草生兮萋萋”而来，这两句的意思是看见萋萋芳草而怀念远游未归的人。而题目“赋得古原草送别”变其意而用之，要求以春草写送别。白居易诗的首句“离离原上草”即破题面“古原草”，巧妙地运用比兴手法，以咏物来抒写性情。“一岁一枯荣”写野草生生不息的生命力，两个“一”的重叠，形成咏叹。三、四句承接第二句之意，用鲜明的意象描绘野草顽强的生命力。具体来说，“烧不尽”写野草枯萎之景，“吹又生”写野草繁荣之景，二句对仗也非常工整，因此成为千古佳句。前面四句写野草，五、六句则是以古道、荒城来写古原，而“远芳”和“晴翠”又都是写草，使得“古原草”的形象更加生动具体，描绘出野草的生机与活力；同时，“古道”与“荒城”又为下面两句中人的出现做好了铺垫。在这样充满生机的古道上，人们一次又一次地送别，萋萋的春草增加了送别的愁情，诗歌至此点明“送别”，结清题意，关合全篇，意境自然浑成。此篇成为“赋得”体中之绝唱。

**【诗情演绎】**

唐德宗贞元三年（787），16岁的白居易初到长安。刚刚在客栈安顿下来，他就想着怎么去结识一些诗朋文友，怎么去干谒一些有名望的人，以宣传自己的诗文。诗文干谒，这是像他这样的年轻诗人展示才华、求得进身机会经常采取的方法，这主要是因为在唐代的进士考试中，主考官除了看考生的试卷之外，还要考察此人在社会上的名声、名气和品行。更重要的是，他们还要看这些应试的举子有无达官贵人的推荐。因此，初到长安求取功名的人们，会想尽办法使自己的诗文出名，并通过走各种关系，找各种有权有势的著名诗人、高官或有名望的人，在各种社交场合，如官场、文人聚会等场合为他进行广泛的宣扬。如果他的诗文进一步受到特别有势力的官员或皇族贵戚的赏识，就会在考试的时候，给主考官写推荐信，或者直接打个招呼，考中进士就问题不大了。比如当年李白初到长安，他的诗受到时任太子宾客的贺知章的激赏，一见李白就呼他为“谪仙人”，使得李白的诗名在京城大振，一时传为佳话。后来贺知章还竭力向当时任主考官的权贵杨国忠和高力士推荐李白呢。

白居易进京应考时，京城最著名的诗人要数顾况了。顾况当时已经 60 多岁了，不仅是当时的名士，官居高位，而且他的诗多为古体，不事雕琢，质朴无华，白居易非常喜欢。于是，白居易就拿着自己的诗去求见顾况。在选择拿哪些诗去见顾况时，白居易做了充分的准备。就在前不久，他刚刚在应试的时候写了一首诗，题目是《赋得古原草送别》，写好之后，赢得了全场人的喝彩，自己也非常满意，因此他就把这首诗放在最上边。见到顾况后，白居易恭恭敬敬地报上自己的名字，递上诗作。顾况简单地询问了一下白居易的情况，知道他才 16 岁，就有一些不大客气。他拿起白居易的诗稿，看了一下封面，见是“白居易”这三个字，不由得对眼前这个年轻的士子上上下下打量了一番，语重心长地说道：“京城的米价很贵，要在这里‘居’是不大‘易’的。”虽然顾况是长辈，而且又是名士，但是拿别人的名字开玩笑仍是不礼貌的。不过，他拿白居易的名字打趣，也有一定的言外之意，即告诫白居易在京城可不好混饭吃。接着，他开始翻阅诗稿。当他看到“野火烧不尽，春风吹又生”二句时，不禁大加赞赏，说道：“能够作这样好的诗，不但在长安，就是在天下任何地方‘居’也很‘易’啊。前面我是在和你开玩笑，不要介意啊。”从此以后，顾况在长安城里到处为白居易宣扬，使白居易在长安城声名大振。

## 闻官军收河南河北

杜甫

剑外①忽传收蓟北②，初闻涕泪满衣裳。
却看③妻子愁何在，漫卷④诗书喜欲狂。
白日放歌须纵酒，青春作伴好还乡。
即从巴峡⑤穿巫峡⑥，便下襄阳向洛阳。

【注释】

①剑外：剑门关外，是作者所在的地方。
②蓟北：在河北北部，是“安史之乱”叛军的老巢。
③却看：回头看。
④漫卷：随手卷起。
⑤巴峡：四川巴江中的一个峡谷。
⑥巫峡：长江三峡之一，在今重庆市境内。

【鉴赏】

杜甫像

杜甫（712—770），字子美，诗中常自称“少陵野老”；因其十三世祖、西晋名将杜预为京兆杜陵人，因此他也自称“杜陵布衣”。原籍襄阳（今属湖北），迁居巩县（今属河南），他是著名诗人杜审言之孙。开元后期，杜甫举进士不第，漫游各地，后寓居长安近十年。安禄山陷长安，杜甫逃至凤翔，谒见肃宗，官左拾遗。长安收复后，随肃宗还京，因事被贬为华州司功参军，不久弃官居秦州同谷。又移家成都，筑草堂于浣花溪上，世称浣花草堂。杜甫一度在剑南节度使严武幕中任参谋，严武荐为检校工部员外郎，故世称杜工部。晚年携家出蜀，病死在湘江途中，年五十九。杜甫是我国古典诗歌的集大成者，诸体兼擅，无体不工。他的诗广泛而深刻地反映了“安史之乱”前后的现实生活和社会矛盾，显示出唐代由盛转衰的历史过程，被誉为“诗史”。其诗风格多样，尤以沉郁为主。

这首诗的主题是抒写忽闻叛乱已平的捷报，急于奔回老家的狂喜心情。诗歌开篇起势迅猛，确切地表达出捷报之突然，也为下文描写狂喜心情作了铺垫。“剑外忽传收蓟北”，“剑外”是作者所在的地方，在剑门关外，因此称“剑外”。“蓟北”在河北北部，是叛军老巢。诗人由于躲避战乱漂泊异乡已经多年，如今听到叛军老巢被收复的消息，心情如波涛翻滚，激动不已，压抑已久的感情如山洪暴发。“初闻涕泪满衣裳”则把捷报传来之时诗人喜极而泣、悲喜交集的心情非常逼真地表现出来。常年漂泊于偏远的蜀地，备尝艰苦，思念故乡而不可回，现在，叛军已平，想到这场浩劫终于像噩梦一样过去了，自己又可以回到阔别多年的故乡，真是喜极而泣。颔联写全家人的惊喜之情。这样的好消息吹散了多年来笼罩在家人心头的愁云，不再愁眉苦脸，一个个笑逐颜开，喜气洋洋。这样的情景更感染了诗人，他手忙脚乱地收拾起诗书，这一切都表达了“喜欲狂”的心情。颈联则进一步抒写这种狂喜心情。白发老人要放声高歌，纵情饮酒，这正是“喜欲狂”的具体表现。“青春”指春天。在这阳光明媚的春天里，诗人要与妻子儿女们结伴还乡。尾联则写了诗人想要还乡的急切心情，他把还乡的具体路线都已想好了："即从巴峡穿巫峡，便下襄阳向洛阳。"这两句中四个地名，四个动词，似乎诗人正乘坐在船上，沿着长江顺流而下，巴峡、巫峡、襄阳这些地方在眼前一个个飞驰而过，而故乡洛阳眼看就在前方了。这首诗除第一句有叙事之外，其余七句均是抒发诗人的狂喜心情，感情奔流而下，直抒胸臆，诗人的惊喜之情、狂喜之态跃然纸上，如在眼前。这首诗被人称为老杜"生平第一首快诗"。

**【诗情演绎】**

这一天，杜甫闲来无事，就走出自己在四川梓州暂时的家，在乡间小路上漫步。这里在剑门以南，又称剑外。春天已经来了，山野里到处都是盛开的野花，看过让人心情无比舒畅。杜甫心想，说不定今天这好天气带来的好心情，会让他觅得好诗句呢。于是，他暂且忘却了战乱流离之苦，聊作寻春之诗。

远处走来了几个人，他们边走边交谈着什么，显得异常激动，杜甫没有太在意。可是今天路上的行人似乎格外多，人们似乎也都比较激动。杜甫忍不住向一位过路的大爷询问道："老兄，发生什么事情了吗？大家都在谈论些什么？"那老人激动地说："你还不知道啊？听说官军收复了河南河北，洛阳、郑州、开封也都在去年收复了呢！"杜甫一听此话，顿时呆在那里。这突如其来的喜讯把他惊呆了，什么闲情逸致，什么寻诗觅句，他都忘到了脑后，只觉得心里如波涛翻滚，眼泪止不住掉了下来。他急忙转过身子，一路狂奔回家，进了家门，看着愁眉不展的妻子、儿女，一时竟不知该如何把这个好消息告诉他们。

他想尽量克制自己的感情，可是他无法压抑激动的心情，几乎是叫喊着把这个消息告诉了他们。望着妻子、儿女惊喜交集的表情，他不知心里有多开心。这个消息对他们一家来说意味着什么？意味着不用再漂泊异乡，意味着他们可以回到阔别多年的家乡了！杜甫把喜讯带回家，也把喜悦带回家，妻子高兴得泪流满面，而孩子们更是手舞足蹈。这让杜甫更加高兴，他的第一个反应就是赶紧收拾行李，明天就上路回家！他想把摆在桌上的书本收拾起来，可是激动之下，手忙脚乱，把一切都搞得乱七八糟的。于是他干脆不收拾了，走到院子里，放声高歌起来。妻子笑着说道："看你一个老头子，这么疯疯癫癫地叫。"杜甫说道："我不但要唱，我还要喝他个一醉方休！赶快拿酒来！"

妻子笑着去了，很快就端上酒来，还有一碟小菜。杜甫一边放情喝酒，一边高声对妻子说："现在正是百花盛开的春天，咱们今天赶紧收拾好东西，明天一早就趁着这明媚的春光上路，回老家！"几杯酒下肚，杜甫有些醉意了。他自己也分不清是这意外的好消息使他这么快就醉了，还是今天这酒真的厉害。他手把酒杯，举在眼前，醉眼蒙眬之中，他仿佛看到他们一家已经从巴峡上船，顺风顺水，穿过了巫峡，来到了襄阳。在襄阳，他们舍舟登岸，向洛阳进发。用不着几天，就可以回到老家了！想到这里，杜甫高兴得笑出声来。他擎起酒杯，将杯中酒一饮而尽，高声叫道："回……家……了！"

## 遣怀

杜牧

落魄①江湖载酒行，
楚腰②纤细掌中轻③。
十年一觉扬州梦，
赢得青楼薄幸④名。

【注释】

①落魄：穷困不得意。
②楚腰：指美人的细腰。《韩非子·二柄》："楚灵王好细腰，而国中多饿人。"
③掌中轻：指汉成帝皇后赵飞燕。《飞燕外传》载赵飞燕"体轻，能为掌上舞"。
④薄幸：薄情，负心。也指负心的人。

【鉴赏】

杜牧像

杜牧（803—852），字牧之，京兆万年（今陕西西安）人，居长安城南樊川别墅，世称"杜樊川"。才气纵横，抱负远大，自幼就有拯危济弱、经世报国的志向。23 岁即写了著名的

《阿房宫赋》，以秦为鉴，警诫荒亡。太和进士，曾为江西观察使沈传师、淮南节度牛僧孺的幕僚达十数年之久，于“治乱兴亡之迹，财赋兵甲之事，地形之险易远近，古人之长短得失”均有研究。历任左补阙、膳部及比部员外郎，后出任黄州、池州、睦州刺史。后回朝任司勋员外郎、史馆修撰。又出为湖州刺史，一年后内调为考功郎中、知制诰。终仕中书舍人，又有“杜紫微”之称。

这是诗人回忆昔日放荡生活，悔恨当日沉沦的诗。诗的前两句是对昔日扬州生活的回忆。当年诗人潦倒江湖，寄人篱下，终日以酒为伴，这是对幕僚生活的概括。第二句写当年所过的与美女们在一起，沉湎于酒色、放浪形骸的生活。“楚腰”是一个典故，春秋战国时期楚灵王喜欢细腰女子，于是楚国的女子都饿着肚子。“掌中轻”用的是汉成帝皇后赵飞燕的典故，赵飞燕体态轻盈，能在人的手掌上跳舞。这两个典故用来形容扬州妓女体态轻盈苗条。这两句虽说是回忆当年在秦楼楚馆的放荡生活，却没有多少轻松得意，因为首句“落魄”两个字已经说明诗人对当时境遇的不满。第三句写十年的扬州冶游，流连于美色之间太久，如今方才省悟，犹如一场梦。觉醒之后，才觉得自己一生声名丧失殆尽，仅留下青楼薄幸之名，心中无限追悔与感伤，“赢得”二字，于调侃之中充满诙谐、抑郁和悔恨之情。这首诗追述不堪回首的往事，轻松诙谐之中充满自嘲与自责。

**【诗情演绎】**

年轻的杜牧曾经在扬州度过一段放浪形骸的日子。那时候，他诗名远播，淮南节度使牛僧孺非常赏识他，让他在自己的幕中任职。扬州历来都是诗酒繁华之地，杜牧又是贵公子出身，喜欢声色冶游，白天他在牛府办公，晚上就或一人或和朋友一起出去饮酒召妓，无所不做，过着非常放荡浪漫的生活。牛僧孺知道之后，不好当面劝阻他，就秘密派了30名士兵，身着便衣，暗中保护他，很长时间杜牧都不知道。后来，杜牧将要赴长安就任监察御史一职，牛僧孺当然要大摆筵席为他饯行。酒席之上，牛僧孺对杜牧说：“你前程远大，可是却不拘小节，长此以往，对你的身体也非常不利，这一点非常让我放心不下。”杜牧回答道：“请你放心，我一定会注意检点，请你不要为我忧虑挂念。”牛僧孺听罢，只是笑了笑，没有回答，他让人搬出一个小匣子，打开来，拿出许多小册子，全都是牛僧孺所派的士兵发回的密报，上面写着：“某夜，杜书记在某某家吃酒，无恙。某日，杜书记访问某家，无事。……”杜牧这才明白长期以来，牛僧孺对他如此关心，感动得流下泪来。

做了监察御史之后，杜牧的这种放荡不羁的生活并没有改变。他被派到东都洛阳去任职。有一天，在洛阳闲居的一位司徒设筵招待宾朋，很多洛阳的知名人士都被邀请，他们也想请杜牧来参加，可是杜牧是御史，是监察各位官员行为过失的官员，因此不敢请杜牧参加。杜牧早就听说这位司徒家的歌舞在洛阳数一数二，很想去见识见识。这一次，听说人家设筵，非常想去看看，可是人家没有请他，怎么办？杜牧悄悄地托人通知这位司徒，说他想去参加筵席。司徒听说之后，只好派人去把杜牧请来了。杜牧接到请帖时正在饮酒，已经喝得半醉了，一见请帖到了，他立即出发去赴宴。他到的时候，筵席早就开始了，很多歌舞女郎侍立在两旁，个个都非常漂亮。杜牧坐下来，一边饮酒，一边打量着这些女子。他本来已经微醉，又喝了三大杯酒后，他问主人道：“听说你们家有个叫紫云的，长得很漂亮，舞也跳得很好，是谁呀？”主人把紫云指给他看，他盯着仔细注视了好长时间，说道：“真是名不虚传呀。你应该把她送给我。”这句话说得粗俗无礼，虽然杜牧是有名的风流才子，可是他毕竟是监察御史呀。主人惊讶之后，不由得大笑起来，众宾客和两边的舞女们也忍不住笑了起来。这一笑使杜牧清醒了一点，也觉得自己口出狂言，有些失礼，于是他又喝了三大杯酒，站起身来，朗声吟了一首诗：“华堂今日绮宴开，谁唤分司御史来。忽发狂言惊满座，两行红粉一时回。”

还有一次，杜牧听说湖州不仅风光好，而且那里的女子都长得非常美丽，于是他就专程去湖州游玩，湖州刺史听说才子到来，亲自招待他。杜牧玩了几天之后，对刺史说：“都说你们湖州出美女，可我看是名不副实，我要告辞了。”刺史对他说：“过几天，将在江中举行龙舟会，到时候全城的人都会出来看，那个时候你看看再说吧。”到了那一天，杜牧在人群之中寻找美女，可是找了一天，也没有他看上眼的。到傍晚的时候，人都渐渐散去，杜牧忽然看到一个妇人领了一个十一二岁的姑娘，那个小姑娘美极了，杜牧非常喜欢，他想向姑娘求亲，可是她太小，他就和姑娘的母亲约定，让姑娘等他十年，十年之后他会来娶她。如果到时候他没有来，姑娘就可以嫁给别人了。回去之后，杜牧给姑娘家送去了聘礼，双方还立了一个字据。之后，杜牧曾到多处做官，直到十四年之后，他才有机会到湖州做刺史。他到湖州的第三天就打听姑娘的下落，可是姑娘的家人在四年前见杜牧没有来娶她，就把她嫁给了别人，如今已经是两个孩子的母亲了。杜牧非常后悔自己来迟了，也对自己失信非常抱歉。杜牧就是这样一个风流才子。这大概也是他自己所说“赢得青楼薄幸名”的原因吧。

## 枫桥①夜泊②

张继

月落乌啼霜满天，
江枫渔火对愁眠。
姑苏③城外寒山寺④，
夜半钟声到客船。

**【注释】**

①枫桥：桥名，在今苏州城外。
②夜泊：夜间把船停靠在岸边。
③姑苏：即苏州。
④寒山寺：在枫桥西一里，因唐初一个叫寒山的诗僧在这里住过而得名。

**【鉴赏】**

张继，字懿孙，南阳（今河南南阳）人，一说襄阳（今湖北襄樊）人。天宝十二年（753）进士，大历时任检校祠部员外郎兼转运使判官、洪州盐铁判官，后与夫人相继卒于洪州。其诗多羁旅题咏、登临纪行之作，诗风清迥，不事雕琢。

这首诗记叙诗人夜泊枫桥时的情景，抒发诗人的羁旅愁情。诗

《渔舟读书图》【局部】蒋嵩（明）

的首句“月落乌啼霜满天”写了诗人在深夜里所见到的、所听到的和所感受到的几种事物：月亮落下去了，朦胧的黑夜之中，只听见乌鸦的叫声，随着夜色渐深，天气凉了起来，暗自升起的霜华充满了天地之间。短短一句诗中有三个代表黑夜的典型意象，把水乡秋夜的幽寂清冷准确而贴切地描述出来。这一句写的是夜色之中的自然景观，而下一句“江枫渔火对愁眠”则把视线从自然收回到人间：江边那枫树的暗影与远处船上那点点渔火互相衬托，这样的夜景引起游子的无限忧愁。这句诗虽然不见抒情主人公的身影，但是一个“愁”字，已经融入客船之上诗人的感受。思乡无眠的诗人，走出船舱，借以排遣心中的忧愁。这时候，枫桥不远的寒山寺，传来了悠长的钟声。寂静的深夜里，忽然传来一阵钟声，使这样的夜晚显得更加寂静，也更加剧了身处客船上的游子思念家乡亲人的愁绪。诗人用纯粹白描的手法，将江南水乡夜色之中的月、乌、霜、枫、渔火、山寺、钟声进行艺术的组合，神奇地构成了一幅淡淡的、幽静怡人的水墨夜景图，图画的前半部分布景非常紧凑，意象包括月亮、乌鸦、霜华、枫树、渔船，而后半部分则只有一座疏朗的山寺，构图非常讲究布局，疏密有致。而这图画之中掩映在树影之中的寒山寺里，似乎正传来阵阵悠扬的钟声，形成一种清迥深远的意境。这首诗因此成为流传千古的名作，寒山寺也因此诗而更加有名，尤其是它的夜半钟声，融合了历史、宗教与文化的内涵，被广大文人雅士和宗教人士所喜爱。

**【诗情演绎】**

一个初秋的晚上，苏州城外的枫桥边上，停泊着几只客船。船上的客人经过一天的水上颠簸，都已入眠了。诗人张继躺在船舱里，虽然身体非常疲惫，但是却毫无睡意。身处异乡、寄身客船、夜宿江头，这让他心头有一丝身在羁旅的淡淡哀愁，也让他有一种奇特而新异的感受。江水拍打着船身，发出阵阵的响声，船只也随着水浪不停地左右晃动，这些感受对张继来说都非常新奇。他聆听着舱外的水声，感受着船身摇篮般的晃动，长时间无法入睡。他干脆起身，来到船头，欣赏江南水乡的夜景。

上弦月升起得早，落得也早。还是半夜时分，月亮已经沉落下去，它的余晖照得整个天宇朦朦胧胧，依稀可见江边的树和远处的山的模糊光影。一只栖息在树梢的乌鸦不知是什么动静惊动了它，以它苍老的声音啼叫起来，这声音在夜里显得有些凄凉。它的叫声惊动了其他的乌鸦，有几只也哇哇地叫着回应。张继站在这样的夜色之中，听着栖乌的叫声，觉得身上微微有些湿凉的感觉。他举目向天空望去，只觉得一幕清雾渐渐弥漫了整个天地，现在已经是秋天，这身上的湿意和这天地间的清雾应该是霜华。凉意渐渐渗入他的肌体，孤独地站在异乡清凉的秋夜里，这幽寂清冷的氛围让他深深地感到孤孑寂寥。

远处闪烁的点点灯火把他的目光吸引过去。那渔火不知是打鱼人船上的灯光，还是哪只夜行的客船上不眠的旅人的孤灯。在这灯光的映衬下，江边那些黑黝黝的树影显得有些凄孤。张继心中在想那些树是什么树，既然这座桥叫枫桥，那江边的树应该是枫树吧。他不由得想起了“清枫浦上使人愁”的诗句，只觉得那渔火、那树影，还有似乎与这夜色融为一体的自己，都多愁善感地带上一缕淡淡的哀愁。

这时，夜空中忽然响起一声悠扬的钟声，接着又是一声，一声。张继寻声望去，原来，这是从不远处寒山寺里传出来的。这钟声在静寂的夜里十分清晰，传播得非常远，只觉得一声刚刚走远，余音还没有消失，又一声已经出发，循迹追去。这钟声使得今夜深邃而清寂，同时又充满一种神秘的不可言传的韵味。这钟声定是寺中早起的僧侣敲响的，他们该自此开始一天的生活，日复一日、年复一年地听着这钟声，晨练，诵经，吃斋，打坐。而这寺周围的江水、枫桥、渔火、江枫，也都日复一日地听着这钟声，大概因此也会带上一些禅机吧。那些偶尔停泊在这里的客船，那船上像他一样在异乡无法入眠的游子，也因听到这钟声而勾起了无穷的思绪吧。想必这钟声从建寺的梁代开始就已经有了，那么那如水般流逝的岁月也应该是日日听着这钟声，随着这江水流走的吧。今夜，寒山寺这夜半钟声，让偶客此地、夜半无眠的他听到了。明朝，他赶路前行，会有其他夜泊此地的游子听到它，让人心生肃穆，让人心平气和，让思乡之情获得些许安慰。

## 左迁至蓝关示侄孙湘

韩愈

一封①朝奏九重天②，夕贬潮州路八千。
欲为圣明除弊事，肯将衰朽惜残年！
云横秦岭家何在？雪拥蓝关马不前。
知汝远来应有意，好收吾骨瘴江③边。

**【注释】**

①一封：一封谏书。
②九重天：天子，皇帝。
③瘴江：指潮州。当时岭南一带河流多瘴气。

**【鉴赏】**

韩愈（768—824），字退之，河南河阳（今河南孟县）人。郡望河北昌黎，故有“韩昌黎”之称。三岁而孤，早年随兄嫂游宦避乱，流离转徙。七岁读书，十三能文，后从独孤及、梁肃游学，通六经百家，立下经国济世的志向。贞元八年（792）登进士第，先后任汴州观察推官、四门博士、监察御史等。贞元十九年（803）因上书言关中旱饥，触怒权贵，被贬为阳山（今属广东）令。元和十四年（819）又因反对唐宪宗拜迎佛骨，被贬为潮州刺史。唐穆宗时，任国子监祭酒、兵部侍郎，又转吏部侍郎。卒谥“文”，故后世又称“韩文公”。韩愈一生用世心甚切，是非观念极强，性格刚直不屈，这使得他的诗文呈现出一种怨愤郁躁、情激调变的怪奇风格。倡导古文运动，被列为“唐宋八大家”之首，与柳宗元并称“韩柳”。其诗力求新奇，有时流于险怪，以论议为诗，对宋诗影响很大。

韩愈像

韩愈性格刚直倔强，直言敢谏，九死不悔，这一点在这首诗里表现得非常突出。诗的首联直写自己获罪被贬的原因，就因为自己一封朝奏，触怒龙颜，结果晚上就被贬到万里之外的潮州做刺史。“朝奏”与“夕贬”形成强烈的对比，显得很有气概。虽然获罪，但韩愈仍倔强不屈，坚持认为自己是为朝廷除弊，为了达到这一目的，他不惜以老迈的生命为代价，颔联这两句申述了自己忠而获罪的愤慨，显示出韩愈刚正不阿、老而弥坚的品格。颈联就景抒怀，云横秦岭，大雪纷飞，他立马蓝关，心中无限悲戚。尾联说他知道侄孙前来与他同行的意思，是要在他客死南方瘴疠之地的时候，好运送他的尸骨返回家乡。诗人直写身后之事，读来让人倍感凄凉沉痛。这首诗感情深厚抑郁，笔势纵横开阖，风格沉郁顿挫，近似杜甫之作。

**【诗情演绎】**

韩愈上《论佛骨表》被唐宪宗怒贬潮州，既有他个人的因素，也有必然因素。因为在唐代，帝王们信奉佛道二教风气非常盛，他们幻想能长生不老，千方百计地让方士们为他们炼制金丹。唐代几乎大部分皇帝都吃过金丹，其中有五位皇帝因为吃了剧毒仙丹，结果中毒而死。第一位是唐太宗，吃了胡僧配制的长生药而病死。这位贬韩愈的唐宪宗，就是第二位服药中毒而死的皇帝。唐宪宗早期还有一些作为，他任用贤相裴度，号召群臣直谏，削平藩镇的叛乱，使唐朝有了中兴气象。于是他自以为功勋盖世，应该永远享受下去，妄图长生不老，迷信神仙，炼制金丹。

当时陕西凤翔法门寺里有一座塔，塔内供着释迦牟尼的一节指骨。元和十四年（819）正月，唐宪宗决定让太监杜英奇率宫人持香花到法门寺迎接佛骨入宫，供在大明宫中，要在宫中供三天再送到庙里。当时的王公大臣、黎民百姓听说之后，都争先恐后地去朝拜，大量施舍财物，有一些百姓甚至为此而倾家荡产，还有一些人残害自己的身体以表明向佛的诚心。这一切在一向坚决反对佛道的韩愈看来简直是忍无可忍。于是他就上了《论佛骨表》进行谏阻。表中说，历代帝王凡不信佛的，都长命百岁而且天下太平；自从东汉崇信佛教后，不仅国势衰微，皇帝也一个个变成了短命鬼。韩愈的这份上书语言犀利沉痛，但句句正中要害。唐宪宗看过奏章后勃然大怒，要杀韩愈，后经大臣们极力求情，宪宗才把韩愈由刑部侍郎贬为潮州刺史。按照唐朝的法令，只要贬官诏书一下，被贬之人必须立即动身奔赴贬地，不得拖延。就这样，韩愈上午递上谏书，下午就必须离开长安。匆忙之中，韩愈根本来不及跟家人告别。当他行至蓝田县的时候，秦岭上风雨交加，大雪封山，埋没了蓝关的道路，所骑之马再也无法前进。就在这个时候，他的侄孙韩湘冒着大雪赶来，要跟他一起去潮州。

韩湘为什么会在这个时候来到韩愈的身边，并伴他奔赴瘴疠之地潮州呢？其间有一段动人的传说。

原来，韩愈的这位侄孙，就是民间故事“八仙过海”中的八仙之一韩湘子的原型。韩湘是韩愈的侄儿韩老成的儿子，据说很小的时候就受到过仙人的指点，会施法术。虽然年纪很轻，却并不像其他年轻人一样努力攻读圣贤书，而是整天一副不修边幅的样子，显得非常穷困落魄。韩愈是一个严肃正经的人，他见这位聪慧的侄孙如此堕落，很替他担心，劝他要努力读书，以求上进。谁知韩湘笑而不答，提笔写了一首言志诗：“青山云水窟，此地是吾家。后夜流琼液，凌晨咀绛霞。琴弹碧玉调，炉炼白朱砂。宝鼎存金虎，元田养白鸦。一瓢藏世界，三尺斩妖邪。解造逡巡酒，能开顷刻花。有人能学我，同去看仙葩。”

韩愈见诗中有“能开顷刻花”的句子，就问道：“难道你真的能做到凭空就让花顷刻开放吗？”韩湘仍然不回答，他捧了一抔土，用一个盆子把土盖住，过了一会儿，说道：“花儿已经开了。”韩愈搬去盆子一看，果然在那抔土上开出两朵青莲花。韩愈惊讶不已。

青莲花

《长江积雪图》【局部】王维（唐）

他忽然发现那花瓣上还有金色的小字，上面写着：“云横秦岭家何在，雪拥蓝关马不前。”韩愈不解何意，韩湘说：“以后就会应验，到时你就明白。”

如今，韩愈被贬潮州，大雪封路，正应了前面花瓣上的诗句。今日韩湘冒雪赶来，是想借这次被贬事件，劝解韩愈放弃功名富贵，和他一起去修道。他对韩愈说：“您还记得当年青莲花上的诗句吗？那诗句写的就是今天的事情啊！”韩愈向当地人一打听此地地名，果然是蓝关。尽管如此，他对韩湘的劝告仍然听不进去，他对韩湘说：“原来你早已知道今天会发生这样的事。好吧，就让我替你把这两句诗写完吧。”于是他就写成了这首《左迁至蓝关示侄孙湘》。韩湘看到韩愈虽然遭受如此重的打击，但对自己所做的事情一点也没有反悔之意，意志反而更加坚决，也就毫无办法了。

## 黄台瓜辞

李贤

种瓜黄台下，瓜熟子离离。
一摘使瓜好，再摘使瓜稀。
三摘犹自可，摘绝抱蔓归。

【鉴赏】

李贤（653—684），即章怀太子，武则天的二儿子，英明有才干，帮助高宗处理政务很得当。曾集诸儒注释《后汉书》。一度被武则天立为太子。唐高宗调露二年（680），被废为庶人，并被幽于巴州（今四川巴中县）。四年后，武则天派人逼令李贤自杀，死时31岁。直到武则天死后第二年（706），李贤的弟弟李哲即唐中宗才下令将李贤的灵柩由四川迁回陕西，陪葬乾陵。

这首古朴浅显的五言诗以瓜为喻，借以达到讽谏的目的。诗歌将武则天的四个儿子，即自己兄弟四个比作瓜，“瓜熟子离离”是说兄弟四个都已长大成人。用摘瓜比喻武则天杀害自己的亲生儿子，“一摘使瓜好”意思是说您杀了大儿子，会使其他的儿子有所警惕，不敢胡作非为。要是再杀一个就会枝疏子稀。即使杀了三个也没有什么，毕竟还有一个。可是如果你把四个儿子都杀了，那就只剩下您孤零零一个人了。这不仅让人们想起曹植的《七步诗》：“煮豆燃豆萁，豆在釜中泣。本是同根生，相煎何太急。”李贤想通过这种形象的比喻劝诫母亲武则天。

【诗情演绎】

李弘死后，武则天的次子李贤被立为太子，宫人纷纷来向李贤表示祝贺，可是他却一点也高兴不起来，因为他深深地知道，太子这个位置意味着权势、斗争，甚至会有生命危险。他想起了前不久刚刚死去的哥哥李弘。李弘富有才干，天性仁爱，可是在太子之位却难逃一死，这让他感触颇多。如今，自己也成为太子，他不得不谨小慎微，做任何事都战战兢兢，如履薄冰。考虑再三，他作了这首《黄台瓜辞》，让乐工们练习熟练之后在宫中演唱。他的良苦用心，有谁会知道呢?

武则天不久之后也听到了这首诗，初听之后，她的心里感到有一丝的震撼。她不由得对自己这么多年来所做的事情进行反思。她从小就是个野心勃勃的人，虽然上天注定她是一个女子，但是她一向不肯向命运低头。十四岁的时候她因美貌被选进太宗的后宫，封为才人。当时太宗已经垂垂老矣，眼看就要入土了，她可不想像其他的嫔妃那样随着先皇的逝去把自己的前途和幸福从此断送，因此她开始为自己寻找新的出路。她把赌注押在了太子李治身上。结果，她赌赢了。

李治即位后，把她召进宫中，立为昭仪。可是她却不满足于一个小小的昭仪，她的目标是当皇后，为此她处心积虑，想尽一切手段。她生了一个女儿，皇上非常喜爱。王皇后来玩，逗了孩子一会儿就走了。为了达到除掉皇后的目的，她抓住这个机会，生生把自己的亲生女儿勒死在襁褓中，并嫁祸于王皇后，皇上震怒，从此深恨王皇后，最终把她废掉，终身监禁，武则天如愿以偿地当上了皇后。她就是这样一个女人，极有才干和远见卓识，野心勃勃又心狠手辣。

当上皇后之后，武则天又想着如何巩固自己的地位。她先是废掉了原太子李忠，立自己刚刚三岁的儿子李弘为太子，后又设法害死了李忠，逐渐掌握了朝政。随着李弘年龄的增长，她发现儿子非常优秀，不但富有才华，而且仁爱宽厚，如果将来成为一国之君，必定是一代明君。可是多年涉政使武则天的野心异常膨胀，她不甘心就此失去手中的权力，如果她无法控制自己的儿子即将来的皇上，她的权力就会灰飞烟灭。无论谁，只要成为她走向权力之路的障碍，她就会不顾一切地把他除掉。于是，在追求权力的道路上，武则天开始对自己的骨肉下手了。她在李弘24岁生日时用毒酒把他毒死了。就在这个时候，武则天做皇帝的想法在她头脑中逐渐成形了，尽管时机尚未成熟。

武则天紧接着立自己的第二个儿子李贤为太子。可是李贤似乎比他的哥哥更加优秀，而且富有政治才能和领导才能。很早的时候，他就可以帮助高宗处理政务，深得高宗赏识。李贤也非常有政治头脑和政治眼光，武则天隐隐觉得自己的阴谋已经被李贤识破了。果不其然，当太子不久，李贤就写了这样一首诗让乐工在宫中演唱，说明他已经意识到自己的处境不妙。一个如此精明的儿子，怎么能让武则天放心呢？在经过短暂的心理动摇之后，武则天下定决心，这个儿子也不能留。这次，她没有直接对儿子下毒手，而是把李贤废为庶人，为了防止他有什么反抗之举，武则天把他贬到偏远荒蛮的巴州并幽禁起来。尽管如此，武则天仍然对李贤不放心，四年之后，她派人追到巴州，逼令李贤自杀。

武则天的三儿子李哲和四儿子李旦都是昏庸无能的糊涂虫，武则天可以非常容易地控制住他们。正因为如此，两人终于可以保全

李贤太子墓壁画《客使图》（图片提供：微图）

性命。李贤被废后，武则天立李哲为太子。683 年，高宗死后，李哲即位，这便是唐中宗。李哲做皇帝不到一年，武则天就把他废掉，贬为庐陵王，又立李旦为皇帝，即唐睿宗。实际上李旦只是武则天手中的傀儡，政权全都握在武则天手中。即使如此，武则天仍不满足。最终在 690 年，武则天又废掉睿宗，登上皇帝宝座，自己亲自做皇帝了。

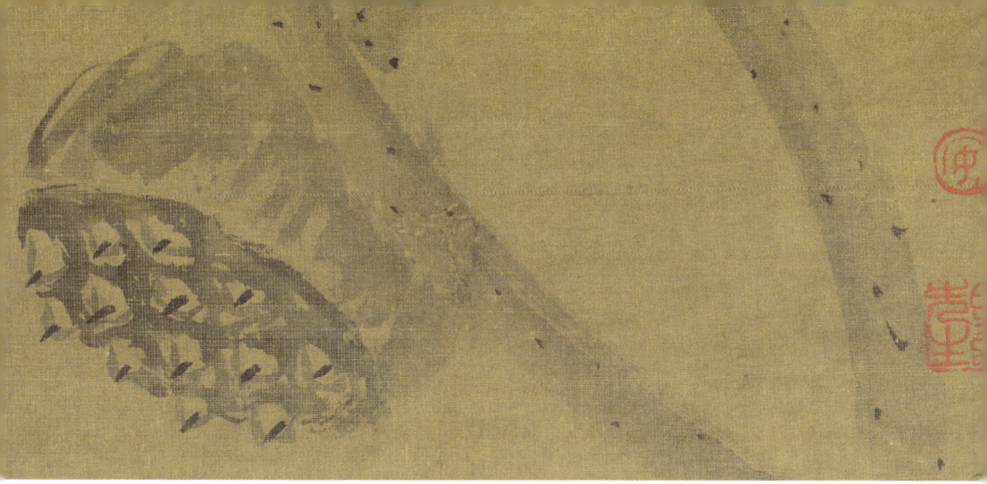

红尘百幻，万象浮华

## 寒食①

韩翃

春城无处不飞花，
寒食东风御柳②斜。
日暮汉宫传蜡烛③，
轻烟散入五侯④家。

【注释】

①寒食：即寒食节，是我国古代的一个传统节日。每年冬至以后的第一百零五天为寒食节。据《左传》载，晋文公为了悼念介之推，规定每年的这一天家家禁火，只吃冷食，所以称为寒食。
②御柳：皇帝御花园里的柳树。
③传蜡烛：虽然寒食节禁火，但公侯之家受赐可以点蜡烛。
④五侯：指东汉桓帝曾在一天之中封了五个得宠的宦官为侯。一说“五侯”是指东汉外戚梁冀一族的五侯。

【鉴赏】

韩翃（生卒年不详），字君平，南阳（今河南南阳）人。天宝十三载（754）进士。宝应元年（762）至永泰元年（765），入淄青节度使侯希逸幕为从事，很不得志，闲居在家近十年。大历中，入汴宋节度使田神功幕。九年（774），神功死，其弟神玉代为节度，翃仍在幕中。后又佐李希烈、李勉汴州幕。建中元年（780），迁驾部郎中、知制诰。官终中书舍人。翃工诗，为“大历十才子”之一。

这首诗描绘寒食节时的景象，虽然无一字涉及评议，但寓意丰富。诗的第一句描绘出寒食时节长安城的迷人风光：暮春时节，繁花盛开，万紫千红，五彩缤纷，柳絮飞舞，落红无数，写出了长安城的繁华与热闹，以“春城”称长安，更写出长安的无限春意。这一句写的是长安城全城的景象。第二句仅选皇城一角，写皇城中的御柳。按寒食时节的风俗，家家折柳枝插在门框之上。这一句犹如一个特写镜头，聚集点从整个长安城拉近到皇宫里插柳的大门之上。这两句写白昼时的景象，后两句则写日暮后的景象。“日暮汉宫传蜡烛”，“汉宫”是以汉代唐。一个“传”字，说明寒食节这天皇帝赐燃蜡烛的宦官数量非常多，要一个一个赐予。“轻烟散入五侯家”具体写赐蜡烛的情景，被赐宠臣家的蜡烛燃烧，袅袅的轻烟随风飘散。寒食节家家禁火，宫中的宦官却得到点燃蜡烛的特权。这自然给人们一种联想，并体会到作者的言外之意。针对朝廷宠信宦官的现象，作者并没有刻意讥讽，而只是具体形象地通过对现象的描写，使诗歌显得更加含蓄和富有情韵，这要比刻意讽刺之作更高一筹。

**【诗情演绎】**

又到了寒食时节，长安城里已经百花盛开，绚烂无比。落花夹杂着飞絮，随着和暖的春风，飘散在都城的每一个角落。为了悼念介之推，晋文公规定每年这一天都要禁火，人们只能吃现成的冷食，不能生火。现在，寒食节要禁火的原因没有几个人知道，但是这个节日人们却年年都过。这反倒使人们从厨房里解放出来，大家都可以到屋外游玩。

闲居都城已经数载的韩翃这一天也出来在长安城里漫步。韩翃是一位非常有才华的读书人，他的诗写得很好，早在他未来长安之前，在他的家乡南阳，他就以诗闻名四方。为了求取功名，他来到了都城长安，但是功名并不像想象的那样容易求得，他困守长安这么多年，现在也只不过是一个闲人。他不由自主地来到了皇宫旁边，只见宫门上插了许多柳枝。他无所事事地走着，不知不觉已是太阳西斜。今天的长安城和往日不一样，要是在往日，此时该是家家户户生火做饭的时候，炊烟袅袅绕在枝头，空气中也该飘来诱人的饭香。韩翃知道自己家中还有一些冷饼，他想自己不必急着回去。正在这时，他忽然听到皇宫中传来急促的马蹄声，那马蹄声不绝于耳，由远而近，又由近而远。在这个时候，宫中会有什么事情呢？韩翃不由得驻足而听，也想越过高大的城墙，看看究竟发生了什么事。过了没多久，他看见缕缕青烟从皇宫中升起来，直飘到宫墙之外，而蜡烛的气味也传了出来。这是怎么回事？略一思索，韩翃也就明白了。虽然说寒食时节百姓不许生火，但是皇帝却可以宣旨，取榆柳之火赏赐给那些自己宠幸的近臣，让他们享有一般人没有的特权。这几年来，皇帝对身边的宦官非常宠爱，在寒食时节赏赐给他们蜡烛是非常普遍的事。只是今年似乎接受赐烛的宦官比往年更多一些，单从那不绝于耳的马蹄声和阵阵飘出宫外的轻烟就可以判断出来。韩翃望着这缕缕轻烟，轻轻地摇了摇头。宦官得宠，进而擅政，败坏朝纲，这已不是一朝两朝的教训了，他想起东汉时桓帝一日而封五个宦官为侯的故事，心中充满了对国家的担忧。他不由得轻轻吟道：

春城无处不飞花，寒食东风御柳斜。
日暮汉宫传蜡烛，轻烟散入五侯家。

这首诗写好之后，很快就在京城流传开来，韩翃的诗名也更加显赫。可是他在仕途上照旧很不得意，依然闲居在家。一天晚上，韩翃正在烛光下专心地读书，忽然传来一阵急促的敲门声。他打开门

一看，原来是一位姓韦的朋友。他一见到韩翃就兴奋地说道："韩兄，祝贺祝贺，您被任命为驾部郎中并知制诰，要专门为皇帝起草诏书了！"听了这话，韩翃先是一惊，但很快又平静下来，不以为然地对朋友说："这怎么可能呢，你一定是在跟我开玩笑。"他的朋友见他不相信，就坐下来，自己倒了一杯水，喝了一大口说："最近皇上身边缺一个秘书，众宰相们推荐了几个人，可是皇上都不满意。于是只好上书请皇上自己挑。皇上批示说要韩翃。宰相们回去一查，发现有两个同名的韩翃，一位是您，一位是江淮刺史，只好把两个韩翃都呈报给皇上。皇上看后，在批文上写道：'春城无处不飞花，寒食东风御柳斜。日暮汉宫传蜡烛，轻烟散入五侯家。'皇上要的是写这首诗的韩翃，那不就是老兄您吗？看来皇上非常喜欢您的这首诗啊。我一听到这个消息就赶快来给您报信了。"

就这样，诗人韩翃由于《寒食》这首诗得到唐德宗的赏识，由皇帝亲自点名，当上了为皇帝起草诏书的官员。

## 泊秦淮①

杜牧

烟笼寒水月笼沙，
夜泊秦淮近酒家。
商女②不知亡国恨，
隔江犹唱《后庭花》③。

**【注释】**

①秦淮：即秦淮河，长江的一个支流，贯穿南京市。
②商女：卖唱的歌女。
③《后庭花》：即《玉树后庭花》，歌曲名，据说是南朝陈后主所作，后人视为亡国之音。

**【鉴赏】**

这首诗是作者在秦淮河的船上即景感怀而作。诗的前两句写出了夜里船近秦淮河时的情景。“烟笼寒水月笼沙”一句，非常生动地渲染了月夜秦淮河岸的环境、气氛：水面上笼罩着一层薄薄的轻烟，月亮的光辉朦胧地照在河边的沙岸上，构成了一幅极其淡雅的水岸月夜图。这句诗中连用两个“笼”字，极其生动形象地描绘出江南水乡月夜独有的微微浮动、游走的意态。诗人月夜来到秦淮河，感受到的首先是秦淮河上的景色，然后才将船靠岸，驶近要停驻的酒家。因此诗的第二句才点明“夜泊秦淮近酒家”，这既符合诗人当时的切身感受，同时，首句先营造出一个具有典型特色的环境气氛，给人以强烈的直观感受，使读者一下子就进入特殊的意境之中。由于要夜泊秦淮，因此诗人所乘的船驶向一个酒家。正在这时，传来一个歌女的歌声，唱的是《后庭花》。《后庭花》即《玉树后庭花》，据说是南朝荒淫误国的陈后主所作的乐曲，陈朝早在这靡靡之音中寿终正寝了。“商女”即歌女，她们唱什么完全由听者决定，因此她们对自己所唱歌曲的意思并不了解。可是，那些欣赏她们演唱的贵族官僚，竟然以这种亡国之音来寻欢作乐，他们才是真正“不知亡国恨”。“犹唱”二字，巧妙地把历史上贪图享乐亡了国家的陈后主与当时那些同样荒淫腐败的官员们联系起来，不禁让人联想到，长此以往，将来也免不了亡国的可悲下场。这两句诗以深刻犀利的讽刺，鞭笞权贵们的荒淫无道，表现出诗人深沉的悲痛和对未来的深切担忧。

**【诗情演绎】**

雾气缭绕的秦淮河上，轻悄悄行驶着一只客船。船上那长长的舟楫不时轻轻地拍打着水面，这一叶轻舟那梭形的船头划开一道水浪，轻捷地向前驶去。有一个身影立在船头上，默默地注视着这静静的秦淮河。这个人是诗人杜牧，因事路过金陵。这里是六朝古都，他早就想来游历一番。今天，由于路途遥远，直到夜里才赶到。他站在夜幕中的船头，看着古老的金陵城在月光中隐隐显出它的轮廓。时值深秋，夜里已有浓浓的寒意。天有点阴沉，水面上笼着一层薄薄的水雾，月光似乎被吸收在这水雾中，只有在江中的洲渚上和江岸边上，浅颜色的沙滩反射着月亮的光辉。

小船离河岸越来越近，先前那种月夜行舟的寂静渐渐被点点灯火冲淡了。一串串大红的灯笼挂在一家家酒店的门前，暗夜中照亮河中的航船，也招引着航船，在月色水雾中显得那么迷离迷幻。杜牧一边打量着这些从眼前一个个滑过的酒店，一边在心里暗暗地想，这里就是秦淮河，六个朝代的王公贵族曾经纸醉金迷的地方。正在这时，水面上忽然传来了若远若近、若断若续的歌声，不知是哪家酒店还是哪一条商船上的歌女，用轻婉的声音唱出哀艳动人的曲调，这曲子是如此的勾人心魄，让人不由自主地沉醉其中。杜牧倾耳一听，原来那是南朝陈后主的《玉树后庭花》。难怪，难怪，听着这样的曲子，人

们似乎又回到了六朝那些奢靡的旧梦里。然而，在这令人迷离的夜色之中，听着歌女们浅吟低唱的《后庭花》，想象着六朝古都那些王孙公子们醉生梦死的生活，杜牧却觉得那么空幻、悲凉和冷漠。金陵，秦淮河，这里是陈后主李煜的都城，《玉树后庭花》这首曲子的诞生地。可是，这里也是生活腐化的陈后主的亡国之地。如今，在这亡国之地听着这亡国的靡靡之音，杜牧觉得一切都是那么荒谬，那么具有讽刺意味。也许是那些唱曲的歌女并不知道这些歌曲的意义，她们学这些歌、唱这些歌只是出于谋生的无奈。然而，那些点歌、听歌的人，他们难道不知道吗？能来这里的人，多数是王孙贵族、达官显贵，他们终日只想着享乐，哪里还会记得陈朝亡国的教训，哪里还会深究这一支亡国的曲子的背景与意义呢？金陵，秦淮河，这里是享乐生活的最佳地点，从三国时的吴国、东晋、宋、齐、梁、陈，一直到如今，它曾经盛极一时，直到今天，还是繁华依旧。可是，这些国家哪一个不是由于帝王荒淫，政治腐败，而在不长的时间里像梦幻一般相继覆灭的呢？如今，在这声色迷离的秦淮河上，听着这《玉树后庭花》，看着这隐约闪动着六朝奢靡生活影子的场景，杜牧真切地感受到了当年六朝时期衰落的时代气息。

“玉树后庭花，花开不复久。”杜牧口中喃喃地吟着歌中的一句歌词，一阵悲凉与感伤袭上心头。开元盛世早已过去，大唐帝国早已衰落，可是那些掌握着国家命运的大臣们有几个肯关心大唐帝国的命运呢？真是“从臣皆半醉，天子正无愁”啊。想到这里，杜牧如梦方醒，他悲哀地望着这朦胧水雾中的秦淮河上那灯红酒绿的酒家，只觉得耳边这歌声越来越响，越来越刺耳，越来越让人心痛不已……

## 李凭箜篌引

李贺

吴丝蜀桐张高秋，空山凝云颓不流。
江娥①啼竹素女②愁，李凭中国③弹箜篌。
昆山④玉碎凤凰⑤叫，芙蓉⑥泣露香兰笑。
十二门⑦前融冷光，二十三丝⑧动紫皇⑨。
女娲⑩炼石补天处，石破天惊逗秋雨。
梦入神山教神妪⑪，老鱼跳波瘦蛟⑫舞。
吴质⑬不眠倚桂树，露脚斜飞湿寒兔。

**【注释】**

①江娥，即“湘娥”，亦称“湘妃”、“湘夫人”，传说是舜的两个妃子。《博物志》：“舜崩，二妃以涕挥竹，竹尽斑。”

②素女：传说是古代一个乐伎，善于鼓瑟。

③中国：即国中，这里指都城长安。

④昆山：即昆仑山，中国古代传说中的神山，上面居住着众多神仙。

⑤凤凰：中国古代传说中的百鸟之王，常用来象征祥瑞。雄的叫凤，雌的叫凰。

⑥芙蓉：有木芙蓉与水芙蓉之分，这里指水芙蓉，即荷花。

⑦十二门：据《三辅黄图》，长安城共四面，每面有三门，共十二门。

⑧二十三丝：代指箜篌。箜篌有多种，有一种名叫“竖箜篌”，体曲而长，有二十三弦。

⑨紫皇：天帝。

⑩女娲：中国古代神话传说中的女神，她曾炼五色石补天。

⑪神妪：传说中善弹箜篌的仙人。

⑫蛟：传说中的一种龙。

⑬吴质：即吴刚，神仙，被天帝惩罚在月宫中整天伐桂树。

李贺像

【鉴赏】

李贺（790—816），字长吉，陇西成纪（今甘肃秦安）人，居于河南福昌（今河南宜阳）。唐皇室远支，家道中落。少工辞章，以乐府与前辈李益齐名。他勤奋苦吟，常背一破锦囊，骑驴由小童相伴出游，心有所得，就记下来，投到背囊中，回家后再进行创作。早岁即工诗，与韩愈相知。他以优异成绩通过河南府试，打算赴京参加礼部考试。由于他父亲名晋肃，“晋”与“进”谐音，与李贺争名的人，就说他应避父讳不举进士，被迫不得应进士科考试。元和六年（811），他在京任奉礼郎。元和八年（813），辞官回乡。后迫于生计，往潞州访张彻，终因体弱多病、仕途失志而于26岁时英年早逝。感慨生命短促、悲伤岁月蹉跎、宣泄怀才不遇的悲愤是他诗歌的重要内容。李贺作诗善于熔铸词采，驰骋想象，运用神话传说，创造出新奇瑰丽的境界。

这是一首描写音乐的诗，诗人用丰富的想象、瑰丽的语言，把箜篌音乐描写得栩栩如生，具有极强的艺术感染力。诗歌一开始就把读者引入一个音乐的世界。首句“吴丝蜀桐张高秋”是说，在一个秋高气爽的日子里，一张由吴丝蜀桐造就的箜篌摆放在那里，乐工开始弹奏，营造了一种宁静高远的意境。“吴丝”、“蜀桐”二词介绍了箜篌的材料，说明箜篌构造精良，同时又与弹箜篌之事紧密结合起来，不露痕迹。二、三句描写箜篌弹奏的乐声，诗人避开无形无迹、难以描摹的音乐，而是用这乐声所产生的极具震撼的感染力来衬托乐声之哀怨，空旷山野中的云朵听到这箜篌之声，都凝滞在空中，不再流动；那善于鼓瑟的江娥与素女听到这乐声，都忍不住忧愁哀伤，掉下泪来。是谁弹起如此动人的曲子？原来是著名艺人李凭在长安弹起箜篌。诗人欲介绍“李凭中国弹箜篌”，却先写箜篌惊天地泣鬼神的音乐声，给人一种先声夺人的感觉。“昆山玉碎凤凰叫”是写箜篌发出的各种声响，犹如玉碎一般，清脆悦耳，又如凤凰的鸣叫，声遏行云。“芙蓉泣露香兰笑”是写乐曲所含的情感因素，“芙蓉泣露”描写的是荷花带露的淡淡哀愁，“香兰笑”则是写轻快愉悦的心情。自第七句至篇终是写音乐的效果。长安城十二道城门前的寒光冷气都被这乐声所融化，箜篌二十三根丝弦发出的美妙音乐感动了天上的紫皇。那正在炼石补天的女娲听到这声音着了迷，竟忘了补天，结果石破天惊，秋雨倾泻。音乐传入神山，令那神妪感动不已，连那水中的老鱼和瘦蛟也都凌波起舞。乐声传到月宫之中，使那伐树的吴质也停下手中的斧子，倚着桂树细细聆听；那玉兔也听得卧在那里，以致露水把它的毛都打湿了。诗人用生动、神奇的神话形象来描绘音乐，使得无形的音乐变成可以想象的具体形象，而且这些形象上天下海，奇幻瑰异，把箜篌音乐捉摸不定却又感人心扉的特点恰到好处地表达出来。这首诗想象奇特，形象鲜明，充满浪漫主义色彩。清人方扶南把它与白居易的《琵琶行》、韩愈的《听颖师弹琴》共称为“摹写声音之至文”。





**【诗情演绎】**

一个秋高气爽的清晨，清冷的晨雾还未消散，长安城一处高台上，静静地放着一只箜篌。这箜篌制作精良，一根根吴地所产的丝弦在清幽的晨光中闪着冷冷的清辉，那蜀桐做成的琴身发出柔和高雅的光芒。一只白皙纤长的手轻轻在琴弦上拨动，那丝弦顿时发出优美的乐声。这乐声穿透云霄，似乎把那高空中的行云都听呆了，停在那里不忍离去。箜篌声渐渐哀戚起来，那哀婉的声音让人心肝欲碎，几乎忍不住要落下泪来。弹奏人是那么专注，他的手如行云流水般地在箜篌上滑动，那音乐就从他的指间如水般流出，发出震撼人心的力量，使人沉醉其中……

箜篌

离弹箜篌人不远的地方，静静地立着李贺。他是这次弹奏的唯一听众。那出神入化的音乐声刚刚响起，他就沉醉在其中了。这次演奏是他与著名的箜篌大师李凭的一次约定，是音乐使他们成为知音。昨天夜里，他们两人促膝而谈，不知不觉，天色已明，于是，他们决定在这曙光之中，在人世间的喧嚣还未开始之前，李凭专门为李贺演奏。初秋清冷的早晨最适合箜篌的弹奏了，乐音在清冽的空气中传播得更远，使得乐声更悠扬，演出效果也更佳。李凭专注地演奏，李贺专注地聆听，心与心就在这样的时空中相通……

箜篌声或高亢，或低沉，或悠扬，或滞涩，李贺的心似乎也随着这乐声时而兴奋，时而消沉。箜篌众弦齐鸣，嘈嘈杂杂，清脆如玉石相击，李贺似乎看到那高高的昆山之玉相击而碎的情景，那玉碎的声音直刺人的内心。忽而又一弦独响，响遏行云，李贺似乎听到一只凤凰正引颈而鸣。一串缓慢连续的滑音，又让李贺似乎看到露珠正在荷花上滚动；一阵跳跃的弹拨，又仿佛是兰花正在绽放的声音。这声音如此令人愉悦，似乎清晨的冷气也被融化掉了，让人只觉得身心俱暖。忽然，一阵石破天惊的响声，似乎是天裂之音，那秋雨倾泻而下，动人心魄。听到这如泣如诉的乐声，那神山上心如止水的神妪也会感动不已吧。李贺似乎看到那深潭中的羸弱无力、行动艰难的老鱼和瘦蛟也都随着音乐腾跃起舞了。他抬起头来，想在空中捕捉这美妙音乐的影子，但他发现月亮还没有落下，似乎它也被这音乐之声所吸引，不忍离去。月亮中的那两个影子，该是吴质与玉兔吧，他们也听得聚精会神，一动不动……

最后一个乐音在箜篌的丝弦上缠绵缭绕，久久消散不去。李凭慢慢收回手来，抬起头。他看到面前的李贺依然如醉如痴地沉浸在乐声之中，眼中满是晶莹的泪水。他们目光交汇，在彼此的眼眸深处，他们的心灵也在交汇……

## 江雪

柳宗元

千山鸟飞绝，
万径人踪灭。
孤舟蓑笠①翁，
独钓寒江雪。

**【注释】**

①蓑：用草或棕毛做成的防雨器。蓑笠：蓑衣和蓑笠。

**【鉴赏】**

柳宗元（773—819），字子厚，河东（今山西永济）人，故有“柳河东”之称。他聪敏颖悟，早年为文以辞为工，颇有奇名。贞元九年（793）进士，十四年（798）登博学鸿词科。先后任集贤殿正字、蓝田县尉、监察御史里行等职。由于参加王叔文集团改革，改革失败后被贬为永州司马。被贬永州期

柳宗元像

间，他了解民生疾苦，游览本州山水，写下许多著名诗文。后又迁为柳州刺史。在柳州期间，他兴办学校，释放奴婢，植树造林，发展生产，颇有政绩。后卒于柳州任上，当地百姓为他立庙，世代祭祀。柳宗元是中唐著名的思想家、文学家，是“唐宋八大家”之一，与韩愈共倡古文运动，并称“韩柳”。

这是一首江上雪景图。诗歌以“千山鸟飞绝，万径人踪灭”两句极工整的对仗开篇，为我们展现了一幅极幽静、极沉寂的大地雪景。“千山”、“万径”以夸张的手法显示出一个极其阔大寥廓、浩瀚无边的境界。“鸟飞绝”、“人踪灭”则极写这一环境的幽寂沉静。这样一个被大雪封绝的世界，一尘不染，远离尘世，万籁俱寂。这样一个绝对纯洁的世界，是作者心目中理想世界的写照。在这样一个纯洁静寂的世界里，在大雪飞扬的江面上，泛着一叶小舟，一个渔翁独自在寒冷的江心垂钓。垂钓的人与舟，必定是静止不动的，然而就在这静寂的画面中，这静止不动的垂钓的老人，却给整个画面带来无尽的生机。这老翁不顾天寒地冻，坐在寒冷的江心，专心致志地钓鱼，显得那么清高孤傲，凛然不可侵犯。诗中这位寒江独钓的渔翁，正是诗人傲岸坚贞而又孤立无援的高大形象的写照。这首押仄韵的五言绝句，韵促味永，刚劲有力，整个意境幽僻苍茫，情调孤寂。

**【诗情演绎】**

被贬谪到永州之后，柳宗元的精神受到极大的打击。他觉得自己满腔的报国热情和爱国热忱竟然是这样一个结局，不由万念俱灰。政治，人世，究竟是什么样子的呢？他只觉得一片黑暗，再也无法把自己的满腔热情毫无保留地投于人世。他把自己的才华与热情寄寓于山水景物，他歌唱那隐居山水间的樵夫渔夫，他想象自己就是那放情山水间的高洁之士，他从心底里羡慕他们，歌颂他们，一想到他们，他

《双松平远图》【局部】赵孟頫（元）

自己在政治上的失意与郁闷就会消失，心灵就会觉得空灵而宁静，让他苦闷的心得到一丝的平静。

这一天下了一场大雪，大地到处银装素裹，天地一片纯净，让人的心灵似乎也得到了升华。柳宗元走出居所，来到旷野里。只见白雪掩盖了世上的一切，大地显得无比广大寥廓，浩瀚无边。远处的群山都被厚厚的积雪覆盖起来，那山上的山石和树林都已看不见了，只可以隐约看到积雪覆盖下的山形。在这样的天气里，山上恐怕连小鸟都没有了；在这样的天气里，更是绝少行人，平日里熙来攘往的千万条道路，如今早已绝无人迹。这是一个如此幽静、如此沉寂的世界，似乎所有的人都停止了活动，只留下这样一个空灵神秀、玲珑剔透的世界。它是如此纯洁明净，反倒显得有些虚无缥缈，远离尘世。这正是柳宗元心中向往的世界，绝对的纯洁，绝对的静寂，没有尘世的污秽。

在那群山的对面，是一条宽阔的大江。在那宽阔的江面上，鹅毛般的大雪仍飞飞扬扬下个不停。雪片飘落在江面上，立刻化为雪水，消失在江水之中，然后又是无尽的雪片飞落下来。就在这下着大雪的江面上，竟然飘浮着一叶小舟。那小舟上落满了大雪，成了一个白白的小点。这白点在清清的江水之中显得如此刺目，人的双眼不由自主地被它吸引，无法移开。仔细一看，就在那小舟的船头，还有一个雕塑般的身影。他披着蓑衣，戴着斗笠，端坐在那里，任由大雪纷纷扬扬地落在身上、落在船头、落在江心。他的蓑笠上也落了厚厚一层雪，但他依然一动不动。他的手中，正握着钓竿。这渔翁小小的身影在这江天一色的雪景里，显得那么孤独，那么寂寞，同时又是那么脱离世俗，超然物外，那么清高孤傲。他无视这地冻天寒的天气，无视江上的鹅毛大雪，不知何时，驾着小舟，来到江心，静心垂钓，那漫天大雪似乎也觉得他凛然不可侵犯。

柳宗元被这独钓寒江的渔翁深深地吸引住了。他久久地站在那里凝视着江雪中垂钓的渔翁，觉得天地之间凛然正气都凝聚在他的身上，鹅毛大雪、侵人的寒气都拿他无可奈何。他从心底里深深地佩服这渔翁，羡慕这渔翁。他也希望自己就是那江心垂钓的渔翁，在污浊的尘世里保持着自己的理想、气节和人格。

寥廓无边的雪宇天地里，大雪纷飞的浩瀚江面上，飘浮着一叶小舟，那小舟之上，凛然坐着一位垂钓的渔翁。那渔翁难道不是他吗？那正是他，清高而孤傲的柳宗元！

## 题李凝幽居

贾岛

闲居少邻并，草径入荒园。
鸟宿池边树，僧敲月下门。
过桥分野色，移石动云根①。
暂去还来此，幽期②不负言。

**【注释】**

①云根：古人认为“云触石而生”，故称石为云根。这里指石根云气。
②幽期：再访幽居的期约。

**【鉴赏】**

贾岛（779—843），字阆仙，一作浪仙，范阳（今河北涿州）人。早年落拓为僧，法号无本，后还俗。元和五年（810）游长安，次年至洛阳谒韩愈，韩愈奇其诗，深为赏识，令其还俗。屡次应试，连败文场。又多方干谒或以隐求仕，均无效。曾任长江主簿，人称“贾长江”。其诗多诉说怀才不遇的幽怨，感叹世无知音，喜写荒凉枯寂之境，颇多寒苦之辞，构思力避平俗，独辟蹊径，形成了奇险瘦硬的风格。以五律见长，注重词句锤炼，刻意求工，为中唐著名的苦吟诗人，与孟郊齐名，有“郊寒岛瘦”之称。

这首诗用质朴无华的语言，描写了李凝幽居处的寻常景物，以及诗人月夜探访友人的一系列寻常举动，也道出了前人未曾道出的不寻常的意境，抒发了诗人对隐逸生活的向往。首联紧紧结合诗题中“幽居”之意，描写这里少有邻居、来人稀少、草掩小径、小园荒芜的幽静环境。颔联则描写了幽静小园中的“动”景：鸟儿飞回树上歇息，一个僧人在这寂静的环境之中敲响主人的房门。虽然有鸟飞、有敲门声，可是这转瞬即逝的活动和声响更加衬托出这里的幽静。颈联写了诗人告别幽居路上所见的情景：过了桥景色就和幽居完全不一样了，月光之下，云影移动，好像是山石在移动。这里的“移”字用得非常巧妙，作者将月夜之下视觉所产生的错觉准确地表达出来，可见其用词之精工。最后两句是作者的表白，说明诗人对这里幽静悠闲的生活非常喜欢，表达了诗人对这种隐逸生活的向往。

**【诗情演绎】**

唐代的贾岛是一个以苦吟而闻名的诗人，关于他费尽心思寻诗觅句，有许多有趣的故事，“推敲”的故事就是其中最有代表性的一个，但绝不是唯一的一个。

贾岛在长安的时候，经常骑着毛驴四处游玩。有一次，他骑着毛驴经过长安城里著名的朱雀大街。当时正是深秋时节，秋风卷起落叶，地上空中，四处飞舞，这一情景触发了他的灵感，一下子想到一句佳句：“落叶满长安。”有了这一句，需要另有一句和它相配才好。于是他忘记此次出行的目的，骑在毛驴上苦思冥想，毛驴没有了管束，就随心所欲地在大街上走。忽然，他又想出了下句：“秋风吹渭水。”这两句对仗非常工整，而且意境不俗，贾岛得此佳句，在驴背上高兴得手舞足蹈，忘乎所以，一不小心，毛驴撞上了京兆尹刘栖

《骑驴图》张路（明）

楚的仪仗，刘栖楚见一个穷酸书生竟然冲撞了自己的仪仗，非常生气，就把贾岛投到牢里关了一晚上。

对吟诗痴迷的贾岛并没有因为此次倒霉的经历而改变，依然我行我素。又有一次，还是骑着毛驴在长安大街上闲逛，贾岛想起不久前所写的诗中有一联“鸟宿池边树，僧敲月下门”，刚开始的时候，他想用“推”字，后来又想改为“敲”字，于是就在驴背上伸手做“推”和“敲”的动作，斟酌良久，苦思冥想，不能决定。毛驴没了主人的约束，在大街上乱走起来，这一次，这只毛驴又冲撞了京兆尹大人的仪仗，贾岛又被抓了起来，送到京兆尹大人的面前。不过幸运的是，这次的京兆尹不是以前的京兆尹了，而是著名的大诗人韩愈。韩愈见这人是读书人的模样，就问他为什么会冲撞了仪仗，贾岛就把斟酌“推”、“敲”二字的经过跟韩愈说了。韩愈是位杰出的诗人，听贾岛这么一说，他就坐在马背上，认真思考起来，后来，他对贾岛说：“我觉得用‘敲’字要更好些。”就这样，韩愈和贾岛成了好朋友。后来，“推敲”就用来形容斟酌字句、对事情反复思考。

## 贫女

秦韬玉

蓬门①未识绮罗②香，拟托良媒益自伤。
谁爱风流高格调？共怜时世俭梳妆。
敢将十指夸纤巧，不把双眉斗画长。
苦恨年年压金线③，为他人作嫁衣裳！

**【注释】**

①蓬门：蓬草编成的门户，形容穷人的住家。
②绮罗：指富贵人家妇女的服饰。
③压金线：金线绣花。压：一种刺绣方法。

**【鉴赏】**

秦韬玉，字仲明，生卒年不详。京兆（今陕西西安）人。中和二年（882）特赐进士及第，曾从唐僖宗至蜀，官至工部侍郎。其诗以七律见长。

这是一首咏叹贫女身世之诗，

诗借贫女的遭遇寄托了贫士怀才不遇的感伤。诗歌一开始写贫女贫困的家世：贫困人家的女子，从来未曾见识过那些华贵的绫罗绸缎做成的衣裳。想要找个好媒人托付终身大事却又暗自悲伤。“谁爱风流高格调？共怜时世俭梳妆”两句是说，有谁会懂得并且爱我高尚的品德呢？现在的人们只知道去喜欢那些穿着时髦、装束靓丽的姑娘，而对一个女子的品德并不在意。诗的五、六两句写出了贫女的心灵手巧、聪明能干和朴实无华：她敢和任何一个女子比赛谁的针线活干得好，却不愿意和她们比赛谁的眉毛画得长。唐代女子以眉长为美，但对于这些外在的所谓美丽，贫女一概不屑一顾。最让贫女伤心的是，她年年辛辛苦苦地缝纫刺绣，却是在为那些富贵人家的女儿们做嫁衣裳！诗的最后两句是贫女为自己不幸身世发出的强烈控诉。这首诗写贫女的身世，完全通过对比的方式来展示她内心的思想世界，写她既自爱自尊，又自伤自叹，非常富有深度。许多评论者都认为此诗语意双关，这种看法不无道理。诗人借贫女的处境写出了出身贫寒、潦倒不得志的读书人的普遍遭遇。它寄托着寒士因出身贫贱、举荐无人而产生的苦闷，表现出他们高尚的品格、非凡的才华和孤高的情调，更展示出他们以文才替人捉刀献策，自己却久屈下僚的痛苦和怨愤。这首诗反映出封建社会里贫寒文人久被湮没、怀才不遇的一种普遍现象，道出了历朝历代读书人的苦闷和心声，因此长期以来为人们所传诵，尤其是“为他人作嫁衣裳”一句，更是超出诗歌本身表现的对象，成为一切不得志人士的愤懑控诉。

**【诗情演绎】**

贫寒文人秦韬玉家的隔壁，是一户普普通通的人家。那家里只有年迈的父母和一个已到出嫁年龄的女儿。老父亲在外面做小买卖，天天早出晚归，家里经常只有老母亲和女儿两个人。老母亲年事已高，什么也干不了，女儿倒是勤劳能干。秦韬玉每天从她家门口经过的时候，都能看到那女子不是在高高的织布机上织布，就是坐在院子里飞针走线地刺绣、缝纫。这个贫苦人家一家人的衣食住行主要靠这女子天天给人家织布、刺绣来维持。秦韬玉没有见过这女子织的布、做的针线，可他总是见到收买布匹织物的人满意地从她家出来，而且这女子总是有做不完的活计，想必是心灵手巧，织的布做的针线非常好，人家才愿意把东西拿来让她做。

秦韬玉总是远远地观察这姑娘，只见她衣着朴素，荆钗布裙，头上身上从来没见有什么饰物。尽管如此，她却是一个面目清秀可人的女孩子。女子的年纪一天天长大，可是却不见有出嫁的动静。日常来往的，也多是些生意上的客人，很少见有媒人登门。有几次，听说有人给这女子提亲了，可最终总是无声无息地没了结局。原来，都是男方嫌她家里穷，没有什么陪嫁的东西，最终都作罢了。然后秦韬玉就有几天看不到她当户织布刺绣的身影，几天之后等她再坐在织机前的时候，发现她又憔悴消瘦了许多。

唉，这就是贫女的不幸命运。秦韬玉暗暗替这女子惋惜。他想起自己所见到的那些富贵人家的女儿，小小年纪，才十四五岁，不等她的父母说要出嫁，上门求亲的人就络绎不绝，几乎踏破了这些人家的门槛。这样人家的女子，都是在家里被宠坏了的。结了婚后，见了人也不知道什么礼仪，只会撒娇，天天都在琢磨街上流行的发型与服饰，把眉毛描得长长的，日日与自己的夫君在城里最热闹的地方游玩。这样的女子，又有什么好呢?

秦韬玉总是忍不住要将这贫家女子与那些富家女子对比。论相貌，她们是不相上下的，只不过因为梳妆打扮，才会让人觉得那些富家女子略胜一筹。其实天下无正色，悦目即为姝，那些不事修饰的女子如芙蓉出水，别有一种清新之美。倒是那贫家的女子，没有了那么多的骄娇之气，不但勤劳能干，而且孝敬父母，为人和气，这使她们身上有一种那些浅薄的富家女子所没有的高尚品格。唉，为什么会这样呢？为什么人们只看重家世，看重金钱权势，而不管女子是否品德高尚，是否心灵手巧、勤劳能干呢？尤其令秦韬玉感到不公平的，是贫家女日日辛辛苦苦地劳作，她把根根细丝织成美丽的绫罗绸缎，她在那绫罗绸缎上绣出美丽的图案，她把这绫罗绸缎做成一件件美丽无比的衣裳，自己却从来没有资格穿戴，都被那些不劳而获的富家女子买走，穿在了她们的身上。

秦韬玉对此感到愤愤不平。他从贫女辛勤的劳作与不幸的命运中，似乎也看到了自己的影子。多年来他一直在人家的幕府中任职，所做的事都是为他人出谋划策，捉刀代笔。想想自己文才出众，志向不俗，可是就因为出身低微，干谒无门，就只好寄人篱下，仰人鼻息地过日子。自己依靠文才去撰文写稿，拿给那些腹中空空的权贵换些衣食，而这些人却拿着他的文章四处炫耀说是自己所作。这种状况，与那位日日织布刺绣，自己却衣不蔽体，“为他人作嫁衣裳”的贫女又有什么分别呢？主人凭借自己写的奏章取得了功名，依靠自己的诗文骗取了文名，自己不也是在为他们“作嫁衣裳”吗？这是多少潦倒不得志者的共同命运啊！想到这里，秦韬玉心中一阵悲凉。可是这样的日子什么时候才能有个尽头呢？

## 滕王阁诗

王勃

滕王高阁临江渚，珮玉鸣銮罢歌舞。
画栋朝飞南浦云，珠帘暮卷西山雨。
闲云潭影日悠悠，物换星移几度秋。
阁中帝子今何在？槛外长江空自流。

**【鉴赏】**

王勃（650—676），字子安，绛州龙门（今山西河津）人。出身望族，隋末大儒王通之孙，唐初诗人王绩的侄孙。少聪慧，世人目为神童。唐高宗麟德初应举及第，先后任沛王李贤府修撰及虢州参军，都因事被废。后往海南探父，堕海而亡。王勃反对当时纤微雕刻的诗风，其诗多抒发个人情志，也有一些抨击时弊之作，工五律、五绝，风格清新自然，初步实践了其诗歌革新的主张。王勃与杨炯、卢照邻、骆宾王并称“初唐四杰”。

这首即席创作的诗颂扬了参与宴会的宾主，抒发了时不我待，应该及时建功立业的慷慨激越之情。诗的前两句描写了滕王阁所处的地理位置以及参加宴会的宾主宴罢客散，歌舞停歇。“珮玉鸣銮”指宾主身上佩戴的珮玉响，乘坐的车上銮铃鸣，表示人行车走。“画栋朝飞南浦云，珠帘暮卷西山雨”两句，写滕王阁建筑的富丽辉煌和其周围环境的优美。这首诗虽是七言古诗，但是这两句是非常工整的对仗。王勃所处的时代，五言律诗已经成熟，而七言律诗正在形成和发展中，王勃这首诗中的这两句对近体诗的发展有很大的贡献。诗的五、六两句紧承三、四两句中“朝云暮雨”之意，抒发诗人对时光流逝、岁月不羁的感慨。而诗的七、八两句又从物换星移之意联想到物是人非，发出了“阁中帝子今何在？槛外长江空自流”的感慨。“帝子”即指修建滕王阁的帝王之子李元婴。楼阁犹在，水流依然，而建楼的人已经不在这里了。联想到滕王的遭遇，诗人感叹滕王当年的蹉跎岁月。这两句诗也是非常工稳的对仗，诗人用这样的句子作结，一开一合，给人留下无限的回味空间。这首诗中值得注意的一点，是对于时间名词和空间名词的巧妙运用。诗人用了“高阁”、“江渚”、“画栋”、“南浦云”、“珠帘”、“西山雨”、“闲云”、“潭影”这些空间名词，描绘滕王阁及其所处的环境，又用“朝”、“暮”、“日悠悠”、“物换星移”、“几度秋”、“今何在”这些时间名词，使读者有一种时光流逝、时不我待的感觉，给人一种超越现实的历史感。

**【诗情演绎】**

浩瀚的长江上，阴云罩野，风波乱滚，水响翻空。翻涌的江涛之中，一叶扁舟，顺流而下。水势汹涌，那舟忽而上下颠簸，忽而左右摇摆，犹如秋风中的一片落叶。那小舟的船头挤满了人，风涛中只见

王勃像

他们一个个东倒西歪，面无人色，呼天抢地，唯恐舟覆人亡。混乱的人群中，一位英俊少年，镇定自若地端坐舟中，毫无惧色。这个少年，正是远赴交趾看望父亲的王勃。有人问他：“满船之人，死在须臾，你怎么一点都不害怕呢？”王勃微微一笑道：“我命在天，岂在龙神！”说罢，提起笔来，写诗一首，掷于江中。诗曰：“唐圣非狂楚，江渊异汨罗。平生仗忠节，今日任风波。”说来也怪，那满江风波，顿时平息下来。船上的人得知后，无不夸王勃是奇才，能以文感动江神，脱全船人于水难之中。王勃道：“生死在天，有何可避！”众人都觉得这个少年出言不凡，深为佩服。

小船一路顺风，来到了马当山。王勃弃船登岸，独自闲游。那马当山松柏苍翠，山幽谷静，王勃身在其中，心旷神怡。只见松影之间显出一座古庙来，那庙碧瓦连天，朱门映日，极是雄峻。山门上高悬一匾，上书“敕赐中原水府行宫”。王勃推门而入，来到神像前，焚香祷告，然后四处赏玩，极是尽兴。下得山来，正欲归舟，忽见江水之际，一个老叟，碧目长眉，须鬓皆白，神清气爽，端坐于大石之上。王勃异其并非凡人，上前深施一礼。那老人问道：“你是王勃吧？”王勃大吃一惊：“我与您素不相识，您怎么知道我的名字？”那老人笑道：“我早就认识你了。我听说了你今天在船中所作的诗，义理可观。你有如此文才，为什么不进取功名，而受此江湖之苦？”王勃道：“我本有青云之志，只因家境窘迫，缺乏盘费，无法远赴帝京求取功名，只得流落穷途。”那老人道：“明日重阳佳节，洪州都督要广邀天下名士，作滕王阁诗并记。你有绝世之才，何不前往献艺，既可获取进京资财，又可垂名后世。”王勃抬头望了望连天江水，问道：“这里离洪州有多远？”老人道：“水路共七百余里。”王勃颓然叹道：“现在晚了！只有一晚时间，怎么能够到达呢？”老人说：“你只要上船，我会助你一帆清风，明天早上你就会抵达洪都。”王勃一听，忙问道：“您老是神是仙？”那老人笑道：“我就是中源水君，刚才你去的那座庙就是我的香火。”王勃大吃一惊，急忙施礼道：“勃三尺童稚，一介寒儒，肉眼凡胎，冒渎神灵，请勿见怪！”老人爽然一笑道：“不必客气。等你到洪都得了润笔之金，可不要忘了我哟！”王勃说：“岂敢岂敢！”过了一会儿，一乘小船驶了过来，王勃辞别老人，登上船，那船刚刚解缆张帆，便有一阵清风吹过，小船顺风而下，疾如离弦之箭。王勃回头再看老人，只见岸上瑞气盘旋，老人已不见踪迹。

王勃一路立在船头，欣赏晨曦中沿途美景，不觉天色已明，定睛看时，已经到了洪都。王勃心里又惊又喜，吩咐舟人等待，自己揽衣登岸，缓步进城。这就是“时来风送滕王阁”的传说。

这天正是九九重阳节，王勃直接来到都督府前。阎都督果然在今天大摆宴席，遍请江左名儒，士人秀才凡有才学者皆可入席。王勃自然也不客气，找一处略显僻静的地方坐下来，只见美酒成坛，佳肴满桌。席间所坐者，皆是文辞超绝之人，多有当世名儒，而陪席的则是学士宇文钧。安坐已毕，主人阎都督端起一杯酒，对众人说道：“滕王阁乃先帝高祖之子滕王所建，是洪都绝境，今天邀请诸位到此，是想让各位不吝大才，作一篇《滕王阁记》，将来刻石立碑，流芳百世，希望各位不要推辞。”说完，让吏人手捧纸墨笔砚，来到各人面前。那阎都督虽然表面上说是请名儒撰此《滕王阁记》，实际上早已让自己的女婿吴子章预先写好，只等今日当庭默出，压倒众人，以显耀门庭，博取浪名。在座众人也多知道，故此相互谦让，不肯落笔。吏人端着纸笔，一直来到位于席末的王勃面前。王勃毫不推辞，慨然提笔。满座之人见是一个十几岁的娃娃如此冒失，心中怪其无礼，也不便多言。

阎都督见一个幼童接笔，虽然心中不悦，也不以为意，推说更衣，离席来到内室，只让吏人看那小孩写的什么，通报上来。过了好一会儿，一个吏人来报：“豫章故郡，洪都新府。”阎公嗤之以鼻：“此乃老生常谈，谁人不会！”又过了一会儿，吏人又道曰：“星分翼轸，地接衡庐。”阎公依然不屑一顾：“用一个典故罢了。”又报道：“襟三江而带五湖，控蛮荆而引瓯越。”阎公听后不语，心中暗自惊异。吏人又报道：“物华天宝，龙光射牛斗之墟；人杰地灵，徐孺下陈蕃之榻。”阎公心道：“这是他想与我交接的意思。”又报道：“雄州雾列，俊彩星驰。台隍枕夷夏之交，宾主尽东南之美。”阎公不住点头，自思道：“此子之才，也算是打动人。”这时，好几个吏人分驰报句，足见此子才思之敏捷，阎公不由暗暗称奇。又一吏人报道：“落霞与孤鹜齐飞，秋水共长天一色。”阎公听罢，再也忍不住了，拍案叫道：“此子落笔有神，真是天才！”急忙振衣复出。而满座诸儒，也是面带惊愕。而王勃正伏案疾书，神采飞扬，恍若天人。等王勃写完，呈与阎公，阎公爱不释手，令众人传阅。诸儒一一读之，觉无一字可移，都深为佩服。阎公上前握住王勃的手，邀他上坐，说道：“滕王阁千古风流，有你这篇文章，今日我等雅会也会名垂千古了。从此之后你们要主宰洪都的风流了！”话音未了，忽有一人高声叫道：“这是哪个乳臭未干的小子，拿着先儒遗文在此欺世盗名？”王勃闻言大吃一惊，抬头看时，正是阎都督的女婿吴子章。原来那吴子章早已预备下事先写好的文赋，本欲在宴会上一鸣惊人，谁知王勃不晓一点人情世故，毫不客气地一挥而就，而王勃所作之赋，实在是无人能出其右。情急之下，吴子章口不择言。王勃先是一惊，继而镇定自若地说道：“你怎知我这是先儒遗文？”吴子章道：“这篇文赋我早就会背了，不信，诸位请听。”那吴子章立于众人面前，一字不差地将王勃的文章从头至尾念诵一遍。在座众人面面相觑，都是半

《观潮图》袁江（清）

信半疑。王勃一听，微微一笑，说道：“吴先生真是博闻强记。但不知这先儒遗文可否有诗？”吴子章一怔，只好说道：“无诗。”王勃听罢，起身离席，对在座众人说道：“这篇文章之后还有一首诗，不知诸位可有知道的？”再三追问，无人应答。王勃道：“好。待我将此诗也写出来，诸位看我的文章是新文旧文。”王勃提起笔来，不假思索，写下一律：

滕王高阁临江渚，珮玉鸣銮罢歌舞。
画栋朝飞南浦云，珠帘暮卷西山雨。
闲云潭影日悠悠，物换星移几度秋。
阁中帝子今何在？槛外长江空自流。

写罢，呈给阎都督及众人看。等众人看完，王勃问吴子章道：“你说我这是新文还是旧文？”那吴子章满脸羞愧，惶恐不已。王勃不以为意，说道：“先生过目不忘，令人佩服。”于是两人尽释前嫌，互相钦佩。当日阎都督与众人尽欢而散，次日又赐王勃金银器物，将王勃直送上船。那王勃乘船返回马当山，将所得金帛，陈在中源水君庙中，以示感谢，并在寺院墙壁上题诗一首：

好风一夜送轻舟，倏忽征帆达上流。
深感神功知夙契，来生愿得伴清幽。

滕王阁一宴，使年轻的王勃志得意满，继续游山玩水，向交趾进发。这一日，离了长江，来到海上，那大海一望无际，波涛汹涌，那江中的风波与之相比，简直是小巫见大巫，不值一提。王勃乘的船只到了深海之中，忽遇狂风恶浪，眼看就要舟覆人亡。正在这时，只见半空中祥云飘飘，瑞光闪闪，仙娥玉女，列队而至。其中一位黄巾神人来到王勃面前，说道：“今日中源水君与诸位神仙在蓬莱仙境聚会，想请先生作文以记之，请先生不要推辞。”王勃道：“人神相隔，不能从命。”那神人道：“难道你忘了你曾在中源水君庙中题诗，说过‘来生愿得伴清幽’吗？”王勃猛然记起，于是欣然从命，告别舟中之人，直赴水中，如履平地，随诸仙升天而去。随后海上云收雾散，风平浪静，而王勃这一去，就再也没有回来。

这是人们惋惜才华横溢的王勃堕海而亡，为了怀念他而编造出来的美丽故事。

# 金戈铁马入梦来

## 出塞①（之一）

王昌龄

秦时明月汉时关，
万里长征人未还。
但使龙城飞将②在，
不教胡马度阴山③。

**【注释】**

①出塞：本为乐府旧题，后为边塞诗人所沿用。

②龙城飞将：指汉代大将李广。《史记·李将军传》说：“（李）广居右北平，匈奴闻之，号曰‘汉之飞将军’，避之数岁，不敢入右北平。”龙城，在今河北省喜峰口附近，为汉代右北平郡所在地。

③阴山：在今内蒙古自治区中部。

**【鉴赏】**

这首诗被明代诗人李攀龙推崇为唐人七绝的压卷之作。其主旨是慨叹边战不断、国无良将。“出塞”本是乐府旧题。全诗最著名也最耐人寻味的是第一句“秦时明月汉时关”。这句诗声调高昂，气势雄浑，起到统摄全诗的作用。“明月”、“关”本是客观存在的景物，作者在它们的前面加上了限制时间的词语，就使得这两个平凡的词

《明妃出塞图》【局部】宫素然（南宋）

语带上了深沉的历史积淀和文化内涵，使得诗有了一种雄浑深远的意境，把读者的思绪带回到远古的历史之中。诗中的景象是明月下的边关，作者把它们与秦、汉两个朝代联系起来，自然让人想到秦代筑关防胡，汉代在关内外与胡人发生的系列战争这些历史事实，而唐代也正是边关多事的时代，这说明边关问题一直是历朝都要面对的问题。《乐府题解》说：“关山月，伤离别也。”因此“关山月”这一意象又充满离愁别恨，这种离别是征人思家，是思妇怀远。这些无不是唐代边关现状的写照。如果说诗歌首句是从时间上写边关征战，第二句“万里长征人未还”则是从空间上写兵士不远万里远戍边关。两句结合起来，则是说自秦经汉至今，不知有多少征人捐躯边关的悲剧。面对这样一种情况，作者衷心希望能有像李广那样神勇的将领，威镇边关，令那些胡人不敢窥视我边疆。最后一句表现出的卫国豪情，悲壮浑成，给人以大气磅礴之感。全诗以平凡的语言，表达出雄浑苍劲的主旨，历史与现实巧妙融合，不仅写出了对历史上勇于献身边关者的同情和豪迈的民族自豪感，还隐含着对现实的讽刺，内涵丰富，感情深厚，意脉细密，气势流畅。

《关山行旅图》唐伯虎（明）

**【诗情演绎】**

终于来到塞外了。年轻气盛的王昌龄来不及到军营之中歇息片刻，就不顾暮色已经降临，孤身一人来到野外，望着浩瀚的边塞大漠，不住地兴叹。极目望去，视野极其开阔，只见千里黄沙，一直延续到天边。而就在那天边，隐隐横亘着绵绵的雪山。这绵延数千里的广阔地域，就是边塞军士们生活与作战的地方。他转过身去，凝望身后这座关隘。在茫茫暮色之中，这关隘犹如一座雄狮，盘踞在大漠之上。就是在这里，万千将士把守着大唐的西北大门。王昌龄的心中不由得升起一种庄严的感觉，只觉得大唐的安危都凝聚在这高高的城墙之上。

一弯新月不知何时升了起来，静静地照在大地之上。天空幽蓝，显得那么深邃，那新月仿佛挂在一块纯净无比的深蓝色大幕上。月光之下，就是那千里青山和这雄伟的关隘。王昌龄被眼前这静穆的景色震惊了。他久久地沉浸在这景色之中，思绪似乎飘向久远的历史和空间中去了。这关隘存在几百年了。自从秦汉时代开始，朝廷就与西北边疆的少数民族有过无数次战争。为了抵御敌人入侵，无数将士经年累月地驻守在边关，还数次修筑长城。这其间不知有多少将士在此奋勇厮杀，斩获了敌人无数首级；也不知有多少将士血流黄沙，为国捐躯。这一片茫茫大漠，该有多少战死的魂灵飘荡在上空啊。他们万里出征，不得生还，即使死了，也只会化成思乡的冤魂吧。

王昌龄抬起头来，望着那弯弯的明月，似乎自己也变成一名远戍边关的战士，在无数个夜晚，默默地抬头凝望这皎皎明月。在这离家万里的边关，能与家乡相通的只有这明月了。月亮有缺有圆，可是战事无期，自己何时才能回到家里与家人团圆呢？他深深叹了一口气。这无尽的战事什么时候才能有个尽头呢？要是能够肃清边患，永无战事，让所有的边关战士都回到家中，与家人过上团圆幸福的生活该多好啊。可是要想肃清边患，除非能有一员英勇无敌的将军，杀得边敌魂飞魄散，永远不敢再觊觎我边疆。王昌龄不由得想起了汉朝著名的大将李广。他勇武善战，镇守右北平的时候，就连匈奴人也称呼他为“汉之飞将军”，听说他镇守边疆，唯恐避之不及，多年都不敢进入到右北平。王昌龄想，我大唐疆域辽阔，怎么就没有一位像飞将军李广那样的统帅，威镇边关，使得边敌都俯首称臣，不敢放肆呢？直到如今，依然是关山明月，上下千年，万里征人，迄无还日。是我大唐无人吗？恐怕不是这样。只怕是壮士空有报国志，却无报国门啊。而那些执掌兵权的人却没有什么真本事。可是这种现状又岂是我这样的无名小卒所能改变的呢？

明月边关，征人无眠。有识之士，望月浩叹……

## 燕歌行①

高适

开元二十六年，客有从御史大夫张公出塞而还者，作《燕歌行》以示适，感征戍之事，因而和焉。

汉家②烟尘③在东北，汉将辞家破残④贼。
男儿本自重横行⑤，天子非常⑥赐颜色⑦。
摐金⑧伐鼓下榆关⑨，旌旆逶迤碣石⑩间。
校尉⑪羽书⑫飞瀚海⑬，单于⑭猎火照狼山⑮。
山川萧条极边土⑯，胡骑凭陵⑰杂风雨⑱。
战士军前半死生⑲，美人帐下犹歌舞。
大漠穷秋⑳塞草腓，孤城落日斗兵稀。
身当恩遇恒轻敌，力尽关山未解围。
铁衣㉑远戍辛勤久，玉箸㉒应啼别离后。
少妇城南欲断肠，征人蓟北㉓空回首。
边庭飘飖那可度，绝域㉔苍茫更何有！
杀气三时㉕作阵云，寒声一夜传刁斗㉖。
相看白刃血纷纷，死节㉗从来岂顾勋？
君不见沙场征战苦，至今犹忆李将军㉘！

**【注释】**

①燕歌行：原为乐府旧题。
②汉家：借指唐朝。
③烟尘：泛指边警。
④残：凶暴。
⑤横行：驰骋沙场。
⑥非常：破格。
⑦赐颜色：赏脸的意思。
⑧摐（chuāng）：敲击。
金：钲，行军乐器。
⑨榆关：山海关。
⑩碣石：山名，在今河北省昌黎县北。
⑪校尉：军官。
⑫羽书：紧急军事文书。
⑬瀚海：沙漠。
⑭单于（chán yú）：汉时匈奴人对其君主的称呼。
⑮狼山：指敌方军事阵地。
⑯极边土：临近边境的尽头。
⑰凭陵：侵凌。
⑱杂风雨：夹杂着风雨，这里形容敌人来势凶猛，像急风暴雨一般。
⑲半死生：指伤亡过半。
⑳穷秋：深秋、秋尽。
㉑铁衣：铁甲，这里指远征的战士。
㉒玉箸：玉做的筷子。这里比喻为眼泪。
㉓蓟北：唐蓟州治所在渔阳（今天津蓟县），这里泛指东北边地。
㉔绝域：极远的地方。
㉕三时：一天中的早、中、晚，代指整日。
㉖刁斗：古代军中白天用来烧饭，晚上用来敲击巡更的铜制用具。
㉗死节：为保全节操而死。
㉘李将军：指西汉名将李广，守卫边境数年，敌兵不敢来犯。





**【鉴赏】**

高适（702—765），字达夫，郡望渤海蓨县（今河北景县），流寓宋中（今河南商丘）一带。少孤贫，喜言王霸大略，务功名，尚节义，逢时多艰，以安危为己任。入仕前长期隐迹渔樵，漫游各地。数次赴长安应举，不第。后游蓟门、卢龙一带求功名，未果。天宝三载（744）秋，与李白、杜甫游梁园。天宝八年由张九皋荐，应举中第，授封丘尉。因不忍鞭挞黎庶，不屑拜迎官长，于天宝十一载（752）愤而辞官。次年入河西节度使哥舒翰幕充掌书记。“安史之乱”爆发，官淮南节度使，领兵平永王璘之乱。后历任彭州、蜀州刺史，剑南西川节度使等职，官至左散骑常侍，封渤海县侯，是“有唐以来，诗人之达者”。高适为唐代著名的边塞诗人，笔力雄健，气势奔放，洋溢着盛唐时期所特有的奋发进取、蓬勃向上的时代精神。与岑参并称“高岑”，风格也大致相同。

《燕歌行》是高适的代表作，也是唐代边塞诗中的杰作。此诗的主旨是谴责边塞将领骄傲轻敌，荒淫失职，造成战争的失败，使广大士兵受到极大的牺牲，忍受巨大的痛苦，反映了士兵与将领之间苦乐不同的现实。此诗虽然写的是一次战争的过程，但重点不在于描写战争，而是同情广大兵士，讽刺和谴责不恤兵士的将军。诗的前八句写出师，头两句就点明战争的地点与性质，直陈时事，有感而发。“男儿本自重横行，天子非常赐颜色”，既批评了汉将的恃勇轻敌，也有责怪天子鼓动之意。“摐金伐鼓”和“旌旆逶迤”表明了将军在战前不可一世的骄态，也反衬下文兵败之狼狈。紧接着的“校尉羽书”和“单于猎火”写战况之紧急和敌兵之凶悍，气氛陡然紧张起来。第二个八句写战斗危急，战争失利。战士们在军前奋勇杀敌，将军们却远离阵地寻欢作乐。严酷的战况与淫逸的生活形成鲜明的对比，揭示了战败的原因。“大漠穷秋塞草腓，孤城落日斗兵稀”，写兵败后的战场景色，烘托出残兵败卒们的凄凉心境。“身当恩遇恒轻敌，力尽关山未解围”，直斥将领的罪责难逃。第三个八句从战争这一主线荡开去，写征大与思妇之间的相互怀念，揭示了士兵们的痛苦，实际上是对汉将更深的谴责，这是一条配合呼应的副线，在情绪上使诗篇由扬变抑，渲染了全诗悲戚的情调，起到了深化主题的作用。最后四句写死斗的结局，总束全篇，慷慨悲壮。士兵们与敌人短兵相接，浴血奋战，个个视死如归。“岂顾勋”三字，既赞颂了英勇的士兵，也讽刺了冒进贪功的将领。诗末对飞将军李广的追忆，显示了作者呼唤英明将领的心声，使得诗歌的意境更加雄浑深远。这首七言歌行用韵平仄相间，抑扬有节，读来铿锵有力，富有韵律之美。全诗叙事与抒情相结合，善于运用对比手法，增强了艺术感染力。诗歌气势雄浑，笔力矫健，气氛悲壮淋漓，主旨深刻含蓄。

“燕歌行”原是乐府旧题。文人创作始自曹丕之“燕歌行”，开创了征夫思妇的主题，后来许多魏晋文人都曾沿用此主题。只有庾信结合自己的身世，在诗中寄托了故国之思，但这未能成为此诗的主题。高适的这篇“燕歌行”在继承前人征夫思妇内容的同时，把主题移到边塞军事上，加重了此诗题的社会意义，取得了突破性的成就。后人创作“燕歌行”基本上沿循着他的方向。

**【诗情演绎】**

一盏油灯，几碟小菜，两个伤心落寞的人，正把酒交谈。这是高适在小酒馆里请刚刚从东北边塞回来的朋友喝酒谈天。高适从东北边塞回到内地已经六年多了，可是他的心一直都牵挂着东北战事。这位朋友随从御史大夫张守珪出征东北多年，这次回来带回许多边关的消息，高适迫不及待地向他询问边关的情况。朋友闷声不响地喝了好几杯酒，才慢慢地讲起来：

当时契丹人在东北非常猖獗，朝廷有些将领听说之后，就想请命去征讨。其实，契丹虽然势力渐强，但是并没有明确侵犯大唐的内地，这些将领只不过是贪功邀战罢了。他们所要征讨的，也并非敌人的大部队，只不过是残存的余寇而已。天子听了他们邀战的请求之后，非常看重这件事，对他们恩遇有加，鼓励他们前去征讨。他们的大部队一路上金鼓震天，大摇大摆地行军，显得不可一世。可是到了战场上，军情并不像他们想象的那么简单，敌人也并不像他们想象的那么不堪一击，战争一开始，战况就非常危急。当时的战场是一片开阔的地带，根本就没有可以依赖的掩体，而那些契丹人却骑着剽悍的战马，像狂风暴雨一样席卷而来。汉军兵士们奋力迎敌，他们不顾生死，直杀得昏天黑地。可是就在此时此刻，那些将军们却远离阵地，在帐篷里寻欢作乐。这哪有不败的道理呢！从天明一直战到日落，兵士们力气都用尽了，被敌兵围困在孤城之中。当天，孤城落日，衰草连天，残存的汉兵们心里说不出有多么凄凉！那些将领们享受着帝王的恩遇，可是却骄横轻敌；而这些艰苦作战的士兵们，竭尽全力也不能把重围解开！这些士兵们远离妻子儿女，来到边关，常年和家人音信隔绝，他们在边关无时无刻不思念着家中的亲人，他们的妻子也日日挂念着他们。可是他们却在这里受到无能骄横的将领的驱遣，流着鲜血，牺牲着生命。尽管如此，他们也不以个人的生死为意，而是手持利刃，和敌人短兵相接，哪怕血流满地，他们也要为了国家的利益战斗至死，哪里顾得着什么高官厚禄和个人的功勋！这是多么悲壮的场面！

朋友悲愤激昂地叙述着，高适听得血脉贲张，满腔义愤。他痛恨那些无能又骄横的将领，深深地同情那些可敬又可悲的兵士们。他想到自己曾针对边关战事写下了详尽具体的安边书，可是却不被当权者采纳。他数次来到边关，希望能报效国家，却总是不被重用。满怀的报国之心就这样付之东流，满腹的杀敌之策无计施展。唉，他不由得悲叹道：当年那威镇边关、爱护兵士的飞将军李广，你在哪里啊？从

汉至唐，边关战事不计其数，领兵作战的将领数不胜数，捐躯边关的士兵何止千万，可是为什么千百年来，只有一个飞将军呢？

两行清泪从高适的脸上滴落尘埃，他为牺牲的兵士而哭，他为自己的遭遇而哭，他为他的国家而哭……

## 使至塞上

王维

单车欲问边，属国①过居延。
征蓬出汉塞，归雁入胡天。
大漠孤烟直，长河落日圆。
萧关逢候骑②，都护在燕然③。

【注释】

①属国：两汉始为安置归附的匈奴、羌、夷等少数民族而设的行政区划。

②萧关：地名，在今宁夏回族自治区固原县东南。候骑（jì）：骑马的侦察兵。

③都护：唐代边疆重镇都护府的长官，这里指河西节度使。燕然：指燕然山，地名，即杭爱山，在今蒙古国境内。这里借指最前线。

【鉴赏】

王维像

王维（701—761），字摩诘，祖籍太原，随父迁蒲（今山西永济）。王维多才多艺，诗、书、画、乐兼擅。开元九年（721）进士及第，任太乐丞，因故谪为济州司仓参军，后改官淇上。由张九龄推荐，拜右拾遗。开元二十五年（737），张九龄被贬，王维甚感沮丧。这一年秋天，王维到河西节度使幕，为监察御史兼节度判官，他的边塞诗多作于此时。开元二十九年（741）归乡，从此长期过着半官半隐的生活，曾隐居终南山。天宝元年（742）转左补阙，置蓝田县的辋川别业。“安史之乱”前，他官至给事中。“安史之乱”爆发，他扈从帝驾不及，服药佯为暗疾，但仍被署以伪职，曾作《凝碧池》诗表达眷恋朝廷之意。“安史之乱”平定后，因此诗以及其弟的疏通，仅降为太子中允，后转尚书右丞，故世称“王右丞”。王维前期的诗大都反映现实，有着较进步的政治倾向，这主要体现在他的边塞诗和幽愤诗中。后期多描绘田园山水，鲜明地反映了他逃避现实的消极情绪。王维是唐代具有多方面艺术才能的杰出诗人，他工诗善画，又精通音乐，并能以画、乐之理融会于诗中。他的诗诸体兼工，尤擅五言律诗，是盛唐山水田园诗派的代表作家。王维的山水诗多为五律和五绝，短小精悍，形象鲜明，充满诗情画意，正是“诗中有画，画中有诗”。

**【诗情演绎】**

一辆马车缓缓行驶在大漠之中。在浩瀚无垠的沙漠里，它显得那么渺小，那么孤单，犹如一只小小的蚂蚁在一个大沙丘上艰难地爬行。车上只有两个人，一个是车夫，另一个是出使塞上的王维。他是带着皇上给予的使命，来慰问边关将士的。前不久，河西副节度使崔希逸刚刚发回消息，说战胜了吐蕃，皇帝于是任命王维为监察御史，出塞宣慰，察访军情，并让他在河西节度使幕府兼任判官。王维明白这个任命实际上是把他排挤出朝廷了。可是，他并不觉得伤感，他希望自己能在边关建立战功，有所作为。于是，他轻车简装，孤身出关。马车已经在荒无人烟的大漠上走了许多天了，今天，他们终于就要到达边塞了。

王维从车中抬头望去，只见数行北归的大雁正从天空中飞过，又是春天，大雁北归了。他从大雁想到了自己。大雁回归，自己却像蓬草一样，漂泊万里，来到塞外。这万里行程，让他饱尝游子的艰辛。旅途的艰辛还不算什么，让他心中倍感沧桑的，是自己被远派塞外，虽然名义上是负有朝廷使命，实际上却如同放逐。正像那远征万里的蓬草，不能主宰自己的命运，听任狂风卷逐。想到这里，王维心里充满了激愤之情，心情也非常抑郁。成行的大雁从视野中消失了，他心中的郁结似乎随着大雁那消失的影踪也消散了一些。他向大漠深处望去，塞外那奇特壮丽的风光立刻吸引住了他。边疆沙漠，浩瀚无边，在那黄沙之上，没有什么风景人烟，只有烽火台燃起的一股狼烟显得格外醒目，虽然刮着风，但是那狼烟却依然笔直地冲向云霄。一轮圆圆的落日，正挂在沙漠间一条如丝带般的长河上方，这一切，构成了一幅壮阔苍茫的图画。王维久久地沉浸在这塞外奇特的景色之中。

漫漫黄沙之中，一辆马车犹如一只虫蚁，缓缓地向边塞军营驶去。在军营不远处，几骑巡逻的侦察兵与这辆马车相遇了。王维向他们说明身份，询问这里为首的将官。那些侦察兵告诉来自帝都的使官：他们的将领正在燕然的前线。王维听说后，放眼向前线方向望去。他知道，自己在边塞的生活就这样开始了，他想象着守将在前线杀敌的情景，自己对这种戎马生涯也充满了向往……

## 菊花

黄巢

待到秋来九月八，
我花开后百花杀。
冲天香阵透长安，
满城尽带黄金甲。

【鉴赏】

黄巢（？—884），曹州冤句（今山东菏泽）人。盐商出身。武艺很好，又通诗书，行侠仗义。曾到长安应试未举。乾符二年（875）领导农民起义，广明元年（880）攻入长安，建立大齐国，登皇帝位，年号金统。金统五年（884）黄巢战败自杀。《全唐诗》存其诗三首。

这首咏菊花的诗读来斩钉截铁，激越凌厉，充满一种战斗的豪情。首句“待到秋来九月八”，起得非常突兀，好像是诗人面对眼前初绽的菊花，情感不能自已，脱口而出。诗人殷切期盼的心情如在眼前。我国古代在九月九日重阳节有赏菊、饮菊花酒的习俗，因此重阳节又称菊花节。诗中不说“九月九”而说九月八，是为了全诗押韵的需要，这首诗押入声韵，形成一种紧迫激越的声情气势。次句说明了诗人的期待：“我花开后百花杀。”诗人称菊花为“我花”，可见他对菊花爱之至深。他期待着秋天到来，百花凋零，只有我心爱的菊花傲立风霜，一展英姿。唐代诗人元稹《菊花》诗中有“不是花中偏爱菊，此花开尽更无花”句，与黄巢此句意思相同，但元稹之诗从容温婉，而黄巢此句充满斗志，区别很明显。三、四句则具体描写了“百花杀后我花开”的壮丽情景：菊花那冲天的香气弥漫了整个长安城，长安城里到处都是金黄色的菊花，好像是穿着黄金铠甲。诗人使自己喜爱的菊花意象充斥了整个代表唐王朝权力中心的长安城，表现了他强烈的征服欲望。诗人此时刚刚落第，但他并没有为此意志消沉，他转而思考寻找其他出路，相信自己必然能脱颖而出。联想到不久之后，黄巢即发动了轰轰烈烈的农民起义，我们不难看出黄巢在写这首诗的时候已经有着非同一般的抱负了。

**【诗情演绎】**

黄巢一生偏爱菊花，而且偏爱黄色的菊花。《全唐诗》里有他的三首诗，其中两首都是咏菊花的。他与菊花的故事，从他五岁的时候就开始了。

相传黄巢五岁那年的秋天，院子里的菊花开得非常茂盛。一天，他的祖父和父亲坐在菊花前，一边饮酒，一边赏菊作诗。二人正在沉吟索诗的时候，黄巢在旁边随口吟道：“堪与百花为总首，自然天赐赭黄衣。”这两句诗的意思是说，菊花完全可以做百花的首领，这样，大王自然会赐它赭黄的颜色。以菊花为百花之首，赭黄是皇帝才可用的颜色，这两句诗可以说是语出惊人。他的父亲觉得他吟的这两句诗有些怪，就对他加以训斥，而且想要打他，让他不要胡说。可是他的祖父却从这两句诗中听出，这孩子出口不凡，非同一般，就劝阻他的父亲，让他再赋一首菊花诗。黄巢略一沉吟，就高声吟道：

飒飒西风满院栽，蕊寒香冷蝶难来。
他年我若为青帝，报与桃花一处开。

《菊花图》吴昌硕（清）

这首《题菊花》意思是说，在秋天飒飒的西风之中，院子里栽满了菊花。它那清寒的花蕊和清冷的芳香使得蝴蝶都难以接近。如果有一天我当了主管春季时令的青帝，一定要下令，让这美丽的菊花与桃花同时开放。这首诗不但与刚才那两句诗意思差不多，而且更明确地说出“我若为青帝”的惊人之语，他这非同寻常的豪言壮语让他的祖父和父亲又惊又喜又怕，他们一再叮嘱黄巢不要出外对人讲，但自此就对他刮目相看。这首诗的后两句还可以这样理解：倘若我能掌握政权，就要使百姓从充满肃杀的苦难生活中解脱出来，生活在如同春天的社会里。不过从诗的意思来看，一个五岁的孩子不大可能做出这样的诗来。

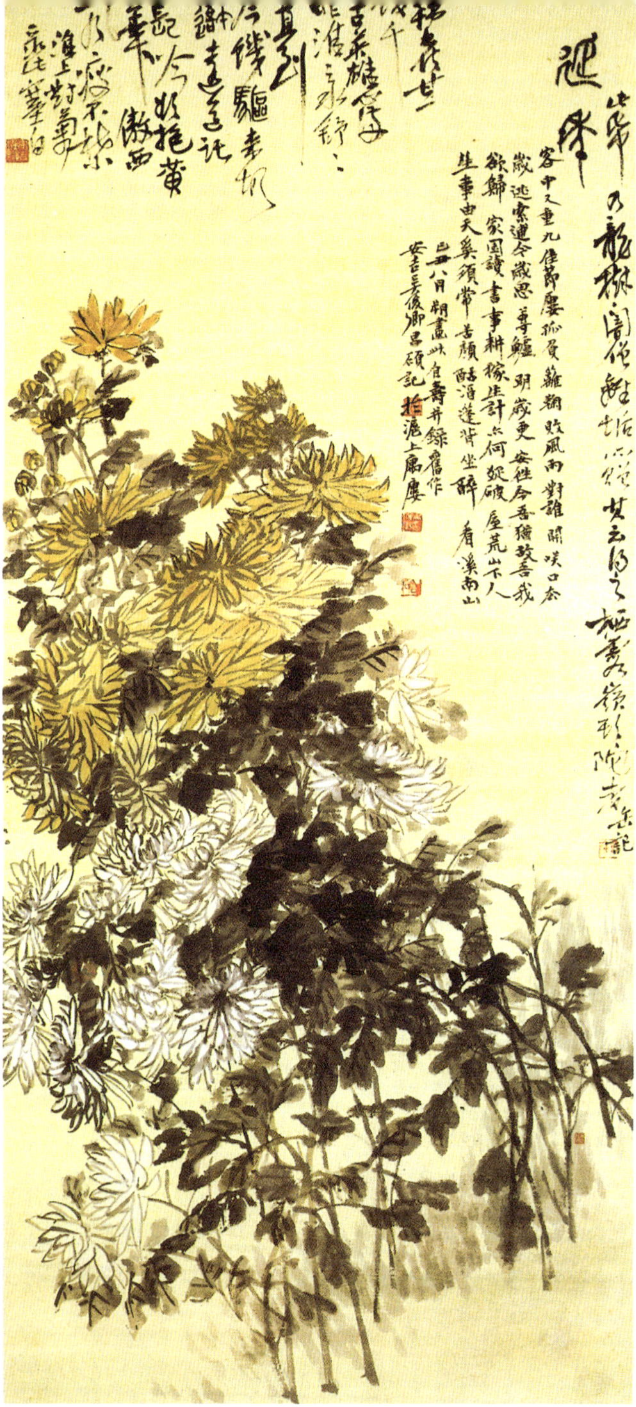

《菊花图》吴昌硕（清）

黄巢长大之后，攻读诗文，想要通过科举取得功名，施展自己的才华，报效国家。他在应试时竭尽所能，写就了一篇自以为非常满意的试卷，可是由于主考官并不是择人以贤，黄巢此次应试名落孙山。这次考试失败给黄巢很大的打击，他看透了当时朝廷的黑暗，写下了这首“待到秋来九月八”的《菊花》诗。这首诗充满强烈的反抗意识，黄巢想要推翻唐末腐朽统治的思想已经可见一斑。当时唐懿宗在位，昏庸无能，致使宦官把持朝政，政治非常腐败，人民生活在水深火热之中。唐懿宗咸通十四年（873），河南、河北、山东和安徽一带遭受极严重的旱灾，无数百姓死于饥荒。黄巢看到这种现状，非常痛心，对统治者更加痛恨。当时，山东曹州一带流传这样一首民谣：“金色蛤蟆争努眼，翻却曹州天下反。”两年之后，黄巢率领几千人发动了农民起义，义军势力很快就发展到几万人。几年之后，达到五六十万人。公元 881 年，黄巢率领的义军攻入唐朝的都城长安，实现了他“冲天香阵透长安，满城尽带黄金甲”的豪言壮语。黄巢的义军攻入长安城的那天早晨，宦官头子田令孜挟持着唐僖宗狼狈地逃往四川。

黄巢的军队攻进长安之后的第九天，在唐王朝的大明宫含元殿，登上皇帝宝座，实现了为青帝的愿望，改国号为“大齐”，年号为“金统”。由于后来黄巢的战略失误以及他的军队内部发生了分裂，公元 883 年，黄巢被迫退出长安。唐朝军队重整旗鼓，卷土重来，包围了黄巢的军队，黄巢最后在山东莱芜东南的狼虎谷自杀。

不过，民间传说黄巢兵败后并没有自杀，而是出家当了和尚，他还写了一首诗描述自己当和尚后的情况：

记得当年草上飞，铁衣著尽著僧衣。
天津桥上无人识，独倚栏杆看落晖。

## 塞下曲①（之一）

卢纶

林暗草惊风，
将军夜引弓②。
平明③寻白羽④，
没⑤在石棱中。

**【注释】**

①《史记·李将军列传》载：“广出猎，见草中石，以为虎而射之。中石没镞，视之，石也。因复更射之，终不能复入石矣。”
②引弓：拉弓。
③平明：天刚亮。
④白羽：指箭。
⑤没：嵌入。

**【鉴赏】**

卢纶（748—约799）字允言，范阳人，后徙蒲（今山西永济）。天宝末年参加进士考试，遇乱不第，补阌乡尉。大历初，举进士不第。王缙奏为集贤学士、秘书省校书郎。后王缙获罪，卢纶坐累。后历任密县令、昭应令。经宰相元载推荐，官至户部郎中。为“大历十才子”之一。其诗多为赠答唱和、送别陪宴之作。因后期长居军幕，所作边塞诗是十才子中成就最高的，多慷慨雄壮之音，颇有名作传世。

这首诗写将军夜里见深林之中风吹草动，以为有虎，便引弓射之。天亮后去寻找，才发现竟然把箭射进石头之中，刻画出将军高度警惕、勇猛神武的形象。首句“林暗草惊风”交代了具体的时间、地点，并且营造出现场的气氛。幽暗的深林是猛虎潜迹的地方，风吹草动是猛虎出击的标志，诗歌一开头就渲染出一种异常紧张的气氛。将军见到这种情境，自然会联想到可能有猛虎出现，于是在黑夜之中引弓搭箭，猛然出击。次句写出了将军异常警惕、镇定自若、从容不迫的形象。后两句把时间推到天明之后，将军搜寻猎物时发生的戏剧性的事情。本欲寻虎，结果发现原来昨夜误把巨石当做猛虎，现在想来很可笑，但衬托出夜间将军之警惕。更令人惊讶的是，夜间将军射出之箭，竟然射入石中，直没至镞，可见将军力气之大，令人咋舌。诗的最后一句写出了将军惊人的膂力，进一步表现出将军的勇猛。短短二十个字的小诗，有紧张惊险的射虎情景，有清晨寻猎的意外发现，有首有尾，结构完整，人物形象鲜明丰满，犹如一出小小的戏剧，足见诗人驾驭语言的能力不凡。

**【诗情演绎】**

这是一个月黑风高、伸手不见五指的夜晚。这样的夜晚，是在边塞上夜间巡逻最需要加以小心的时候，说不定敌人就会趁着这漆黑的夜色来偷袭。因此，晚饭一过，将军就认真详细地部署了今天晚上的巡逻任务，并且亲自带领一队人马，沿着最艰险的一条线路，开始巡逻了。

一路上他们都在戈壁和树林里穿行。戈壁滩上是大大小小的石头，走起来十分困难，更何况是在黑暗之中呢。因此他们不知摔了多少踣，就连将军也不例外，但是，摔倒之后他们哼也不哼一声，立刻爬起来，警惕地环视四周。后来他们走进一片胡杨林里。低矮的胡杨树乱七八糟的枝条横在空中，他们要不断地拨开树枝才能前行，但更多的时候是没能及时看见枝条，他们被如刺般的树枝打在脸上，刀割一般的痛。不过他们顾不上这些，只能一边走，一边侧耳听，听远处是不是有敌人的马蹄声。当然，他们更在黑暗中徒劳地睁大眼睛，希望能看清远处的动静。

忽然，一阵阴冷的风从树林中吹过，树枝摇晃发出剧烈的响声。将军立即制止队伍前进，并在黑暗中竭力睁大眼睛，看前方出现了什么状况。那阴冷的风继续呼啸着从林子深处吹过来，将军似乎看到一只猛虎身上斑驳的花纹在黑暗中隐隐闪现。说时迟，那时快，将军不假思索地举起一直抓在手中的弓，从背后箭囊里闪电般抽出一支雕翎箭来，弯弓搭箭，只听“嗖”的一声，那箭在黑暗之中似乎带着一道闪电射了出去。远远地只听得一声闷响，前方再也没了动静。将军和随行军士在黑暗中等待了许久，发现前方一直没有动静，想必猛虎已被射死，就又向前进发了。

经过一夜紧张辛苦的巡逻，直到天亮都平安无事，将军的心这才放了下来。旭日在东方冉冉升起，将军回到军营，打算歇息片刻。刚坐在中军帐中，忽然想起昨夜射的那只老虎，就又起身出帐，带上几个军校，决定出去看看。搜寻猎物的心情是急切而又兴奋的，他们很快来到昨夜射虎的地方，慢慢向前搜去。搜索了很长时间，搜索的范围也在扩大，却一直没有见到死虎的尸体，也没有见到有血迹出现。这应该不会的啊，将军的箭法百步穿杨，箭无虚发，即使在黑暗之中也不会有误的。大家正在疑惑，忽然一名军士惊呼起来："看这里！"大家急忙奔向前去。一看那军士手指的东西，大家不由得惊呆了。只见一块巨石之上，深深地插着一只雕翎箭，那箭入石之深，一直没到箭羽。这箭，正是将军的箭。望着眼前的情景，大家恍然大悟，原来昨夜将军听到风声，误以为这块巨石是只猛虎，一箭射去，竟然穿石没羽。这需要多大的膂力呀。大家回过头来，怀着敬畏的心情注视着将军。

将军"射虎"的故事不胫而走，将军的威望也更加显赫。后来，有人想亲眼领略一下将军的膂力，让将军再次在原来的地方射那块石头，可是再也没能像那晚一样射进石头去。想必是人在紧急的情况下会迸发出身体所有的潜能，而有意为之的时候却不会达到那样的效果吧。

## 凉州词

王翰

葡萄美酒夜光杯①，
欲饮琵琶马上催。
醉卧沙场②君莫笑，
古来征战几人回！

**【注释】**

①夜光杯：泛指珍贵精美的酒杯。
②沙场：即战场。

**【鉴赏】**

王翰，即王瀚，字子羽，生卒年不详，并州晋阳（今山西太原）人。任侠使酒，恃才不羁。景云元年（710）进士，历任昌乐县尉、兵部员外郎、汝州刺史，徙仙州别驾。以行为狂放，贬道州司马，不久即卒。善写边塞诗，为开元时宰相张说所看重。

这首诗是歌咏边塞生活情景的名篇。诗人以具有边塞色彩的意象，描写了艰苦荒凉的边塞军营中的一次盛宴，描摹了边地战士们开怀畅饮、一醉方休的场面。诗的首句中“葡萄”、“美酒”和“夜光杯”都是西域特产，诗歌以此开篇，一下子把读者带到极具地方色彩的边地场景之中。在这里，杯盘林立，觥筹交错，五光十色，酒香四溢，真是一个盛大的宴席。珍贵的夜光杯里盛满了葡萄美酒，“欲饮琵琶马上催”，正欲端起酒杯开怀痛饮，宴席上琵琶奏起了乐曲，催促将士们举杯痛饮。在西域，琵琶是骑在马上演奏的，因此这里说“琵琶马上催”。诗的三、四句写人们尽情劝饮，乐而忘忧，表现出将士们豪放旷达、开朗乐观、视死如归的性格和豪情：喝醉了躺在沙场上又有什么值得好笑的呢？自古以来，出征作战的军士有几个还能平安回家呢？整首诗语言明快，情绪热烈奔放，充满慷慨、豪放、超脱的乐观主义精神，给人以昂扬向上的感受，充分体现出盛唐边塞诗的风格特点。

**【诗情演绎】**

今夜军营里有宴席！消息迅速地传播开来，将士们听说之后都兴奋不已，迫不及待地期盼着夜晚的到来。他们刚刚在边关与敌人打过一场硬仗，把敌人打得落花流水，早就期盼着能有一次庆功宴了。主将非常体恤大家的感受，一早就发布出夜宴的消息，这让全营所有的将士都感到振奋不已。

夜幕降临了，军营前一大片开阔地上，大把大把的篝火被点燃，照得这里如同白昼。大坛大坛的葡萄美酒搬了出来，封口已经打开，散发出阵阵诱人的酒香。一盏盏精美珍贵的夜光酒杯摆了出来，在篝火的照耀下，发出耀眼的美丽光芒。大块大块的牛羊肉端了上来，架在火堆上烧烤，火焰烤得肉块发出“吱吱”的声音，诱人的肉香也随之散发出来，那香味引得人直流口水。将士们围坐在篝火四周，大声地说笑着，期待着酒宴的开始。

每人面前都摆上了巨大的酒杯，斟上了香气四溢的葡萄美酒。几个嘴馋的军士忍不住伸出手去，刚想端起酒杯先饮为快，忽然传来了阵阵急促热烈的琵琶声。原来乐队开始演奏，酒宴正式开始了！几个健壮的小伙骑着高头大马，铮铮地弹响琵琶，那激越欢快的旋律似乎是在催促大家赶快举杯痛饮。乐声使本来已经非常热闹的气氛更加沸腾起来，大家哄然举杯，顿时杯盏相击之声不绝于耳，祝酒劝饮之声此起彼伏。酒杯空了又满，满了又空，将士们个个开怀痛饮，尽情酣醉。熊熊的篝火照在这群英武豪放的人身上，使他们显得更加威武健壮。

酒过三巡，大家已经微微有些醉意了。是啊，耳边响着阵阵欢快激昂的琵琶声，美酒佳肴任你尽情享受，将士们个个兴高采烈，推杯换盏，哪能不让人乐而忘忧，顿生豪迈之情呢？何况这本来就是一群久经沙场，锻炼得坚毅刚强的男子汉。要是有谁刚刚想推辞不饮，立刻引得大家群起而攻之，有人高声叫道："怕什么？怕醉吗？杀头掉脑袋都不怕，还怕醉？杀完了敌人，又醉倒在战场之上，这是多么豪迈的事！英雄豪杰，死都应该死在战场上，你看自古以来，又有几个征战的人能回来呢？"这一番豪言壮语博得大家哄然叫好，数十只粗壮的大手一齐端起杯来，"咣"的碰在一起，一饮而尽，然后放情大笑。那笑声直冲云霄，震耳欲聋……

## 凉州词（之一）

王之涣

黄河远上白云间，
一片孤城万仞①山。
羌笛②何须怨杨柳③，
春风不度玉门关④。

**【注释】**

①万仞：形容山很高。一仞合八尺。
②羌笛：古代羌人所制的一种有二孔的管乐器。
③杨柳：指《折杨柳》曲，是一种哀怨的曲调。
④玉门关：关名，在今甘肃省敦煌县西南，是古代通往西域的要道。

**【鉴赏】**

王之涣（688—742），字季凌，祖籍晋阳（今山西太原），五世祖时迁居绛州（今山西新绛）。曾任衡水主簿，因受诬去官。在家赋闲十五年，复出后官文安县尉。豪放不羁，常击剑悲歌，其诗多被当时乐工制曲歌唱。曾游边塞蓟门、玉门关等地，善写边塞诗，以描写边疆风光著称。传世之作仅六首，其中最有名的当数《登鹳雀楼》和《凉州词》。曾与高适、王昌龄等人唱和，他的诗篇颇具特色，大气磅礴，韵调优美。为盛唐边塞诗人之一。

王之涣的《凉州词》是一首边塞诗杰作，旨在写边地险僻，守边艰苦。前两句写边塞雄阔，关隘荒凉：写气势浩大的黄河，高高耸立在万山丛中的玉门关，展示出边地广漠壮阔的风光，奠定了慷慨悲壮的基调。后两句以宽慰语写幽怨情，写尽边关生活的寂寞凄凉：那哀怨的羌笛啊，你又何必吹起令人伤心的《折杨柳》曲，要知道，这春风从来都不曾吹到过这玉门关，关外这孤城更别想有杨柳依依的春天了！诗篇极其蕴藉委婉。玉门关的准确地址现在已经难以确定。如今在敦煌以西九十千米处，有一座小方盘城，据研究，它可能是汉朝时的玉门关，这是因为在城内曾发现大量的汉代木简，其中一枚木简上写有“玉门都尉”的字样。唐代的玉门关要比汉代的玉门关靠东一些，在敦煌东面不远的地方，有一处巨大的古城遗址，据说这可能是唐代玉门关的遗址。这两处玉门关，都是在西北边远地方。王之涣《凉州词》以此地为描写对象，其实还有更深的寓意。“羌笛何须怨杨柳，春风不度玉门关”的含意是说，朝廷不关心驻守在边塞上将士们的艰苦生活，从来没有一点温暖像春风一样吹到过遥远的玉门关。这首七绝主题深刻，意境高远，苍凉悲怆，但昂扬奋发的气概仍然遮掩不住，非常典型地反映出盛唐边塞诗的气象。

**【诗情演绎】**

这是一个彤云密布、朔风逼人的冬日，闲居长安的王之涣与同样游历京都的王昌龄、高适三人相约，来到一个酒楼里，饮酒闲谈。时值开元年间，他们三人都以诗才名震京都。王之涣在三人中间年纪最长，他比王昌龄大十岁，比高适大十四岁，他写的边塞诗大气磅礴，韵调优美，在京城广为传诵。而王昌龄的七绝也是思密而体清，独步当时。高适虽然年纪小他一纪，可他的边塞诗笔力雄健，气势奔放，充满奋发进取、蓬勃向上的精神，因此也是诗名远扬。闲来无事，三个才子常常欢聚畅饮，谈诗论道。

今天天气寒冷，乌云压境，眼看一场大雪就要漫天而来。他们在楼上一处视野开阔的桌前临窗而坐，期待着这即将到来的冬雪，也期待着一首首绝妙好诗会即兴而发。其实，虽然三位诗人有着很深厚的友谊，时常在一起饮酒聚会，可是暗地里却希望一较高下，这一次聚会，在开怀畅饮之余，谈诗论技也是必不可少的。

酒过三巡，三人的谈兴刚刚浓起来，忽然外面一阵喧哗，十几个梨园伶官呼朋唤友，登上楼来。他们一个个华服丽裳，艳丽无比。他们也找了一处临窗佳地，安坐下来，看来他们要在这里举行盛大的宴会。他们的朋友不断地到来，还带来了琴瑟乐器，气氛更加热闹欢畅，众人一边说说笑笑，一边调弦定调，咿咿哦哦地吟唱起来。于是，三位诗人一边闲谈，一边静静地观看这一群人如何饮酒取乐。伶人们的吟唱渐成曲调，原来他们演唱的都是当时著名诗人的诗作。王昌龄不由得玩兴大发，就和王之涣、高适相约道：“我们三人各有诗名，也曾想知道各自诗歌的高下优劣。今天我们就在这里看看这些伶人们会不会唱我们的诗，谁的诗被唱得最多，就定谁的诗最好。”一听此言，王之涣和高适拍手赞同，三人饶有兴趣地看着那一群热热闹闹的人，并细细地聆听着。

不一会儿，一位伶官打着节拍唱道：“寒雨连江夜入吴，平明送客楚山孤。洛阳亲友如相问，一片冰心在玉壶。”这是王昌龄的《芙蓉楼送辛渐》，王昌龄马上伸手在墙壁上画了一道线，说：“我有一首绝句了。”接着又一位伶人唱道：“开箧泪沾臆，见君前日书。夜台何寂寞，犹是子云居。”高适一听，是自己的《哭单父梁九少府》，就也在壁上画了一道，说：“我也有一律了。”不久，又一位伶人唱道：“奉帚平明金殿开，且将团扇暂徘徊。玉颜不及寒鸦色，犹带昭阳日影来。”王昌龄又在墙上画了一道说：“我有两首了。”

王之涣自以为得名已久，可眼前的情况却有些不妙，他暗暗着急，口中却说道：“这些全都是一些潦倒的乐官，他们唱的不过是些下里巴人的东西，阳春白雪的曲词，这些俗物是很难接近的。”他在那些伶官中看了看，用手指着其中最出众的一个梳着双鬟的姑娘，说：“一会儿这个姑娘唱的时候，如果还不是我的诗，我此生再不敢和你们比诗了；但如果是我的诗，你们可得下席拜我为师！”听了他的话，其他两人都笑他小心眼，只等那个伶人唱。不一会儿，那个双鬟伶人开口唱曲，只听她唱道：

黄河远上白云间，一片孤城万仞山。
羌笛何须怨杨柳，春风不度玉门关。

一听此诗，王之涣马上大笑道：“你们两个田舍奴，我刚才难道是妄自尊大吗？”三个人一起鼓掌大笑。原来那个伶人唱的正是王之涣的《凉州词》。看着三人指指点点，谈笑风生，那些伶官不知怎么回事，都起身近前相问。王之涣把刚才赛诗的事说了一遍，那些伶官才得知三位大诗人和自己同在一家酒楼喝酒，于是纷纷向他们行礼，邀请他们一起参加宴会，三个人欣然从之，一直喝到大醉方归。

这是王之涣等三位诗人赛诗的雅事。由于我国古代的标点符号系统不完善，古代诗词很少标点，于是就给同一篇文章或同一首诗提供了不同的断句方式。王之涣的这首《凉州词》是一首典型的七言绝句，可后来当词这种新的文体出现以后，有人这样给这首诗断句：

黄河远上，白云间一片孤城，万仞山。
羌笛何须怨，杨柳春风，不度玉门关。

这样一改，一首格律齐整的七绝就变成了一首句式长短不齐的词，意境也和原诗大不相同。

# 望尽天涯怀古路

# 登幽州台①歌

陈子昂

前不见古人，
后不见来者。
念天地之悠悠②，
独怆然而涕下！

【注释】

①幽州台：又称燕台，史传为燕昭王为招揽人才所筑的黄金台，故址在今北京市大兴县。
②悠悠：渺远的样子。

【鉴赏】

陈子昂（661—702），字伯玉，梓州射洪（今属四川）人。出身豪富，轻财好施，任侠使气。后折节攻读，举进士，爱国忧民，受武则天赏识，拜麟台正字，转左拾遗，擢右拾遗。他直言敢谏，对武后朝廷的不少弊政，常常提出批评意见，但不为武则天采纳。受武三思陷害，入狱。曾随武攸宜击契丹，多次建议军事，均不被采纳，反被贬为军曹。后解职回乡，居丧期间，武三思指使县令段简罗织罪名，将他害死狱中。其诗标举汉魏风骨，强调兴寄，反对齐梁浮华柔靡之风，是唐代诗歌革新的先驱。

短短二十二字中，诗人的思绪跨越时空，上下千年，纵横万里，缅怀往昔，古贤难追；感慨当今，才志未展；遥望前景，不见来者，不禁悲从中来，愁肠郁结，潸然泪下。诗为登幽州台而作，作者为我们展现了北方原野苍茫广阔的景象，在这个背景下，一位胸怀大志、富有政治才能却报国无门的诗人形象伫立在我们面前，他忧国忧民的哀伤与孤独让读者为之深深感动。这首诗采用长短参差的楚辞体句式，前两句音节比较急促，表达了作者抑郁不平的心情，后两句中的虚字使得音节比较舒缓，表达了作者怆然慨叹的无奈之情。

**【诗情演绎】**

陈子昂满腔悲愤地从军营中冲出来，面对辽阔苍茫的北方大地和漫天风沙，他不由得仰天狂啸，酸楚的泪水蓦然模糊了他的双眼。他朝着风沙深处狂奔而去，想要发泄心中难以抑制的郁闷。他不知在狂风中奔跑了多长时间，直到精疲力竭，才颓然倒地。又不知过了多长时间，他才从尘埃中抬起头来。风沙似乎小了一些，远处，蓟北楼的雄姿出现在他的视线之中。他慢慢地爬起来，一步，一步，向着这高台走去。

他登上古老的幽州台最高的地方，放眼向四周望去，天地苍茫，一片灰色。辽阔的北方大地静默着，任凭风沙到处肆虐。在这广阔无垠的大地上，唯有蓟北楼兀然独立，显得那么孤独。这里曾经是燕国都城的遗址。可是现在，燕国都城那昔日的繁华早已灰飞烟灭，那灰沉沉的尘土，那飞扬的风沙，早已将昔日的帝王将相湮没了。陈子昂独自一人站在这高楼上，但见茫茫宇宙，天地长久，那种旷世寂寞似乎把他的心都冻结了，他不由得悲从中来，慨然长叹。他想起那些曾经在这燕赵大地上往来驰骋的英雄豪杰；他想起了燕昭王礼贤下士，任人唯贤；他想起了乐毅、郭隗，他们与燕昭王君臣相得；他想起了燕太子丹，他礼遇田光的故事成为千古流传的佳话。可是，如今，像燕昭王那样的贤君已不复可见了，而自己心目中渴望的贤君还没有出现。他想起了自己这些天来的经历。前不久，契丹李尽忠、孙万荣等攻陷营州，则天皇帝让建安王武攸宜西征契丹，自己是右拾遗参谋军事。武攸宜根本不懂军事，刚一开战，先头部队就被契丹所败，总管王孝杰坠崖而亡，几乎全军覆没。武攸宜听说后，十分惊骇，怯敌不前。在这边关告急的危难关头，陈子昂建议以奇兵胜骄敌，请分兵万人为前驱，但这种大胆的战术被心惊胆战的武攸宜坚决否定了，以致痛失还击敌军的良机。后来陈子昂又根据战争形势多次向武攸宜进谏，他虽然知道自己性格直率必然会导致武攸宜的不满，但是事关军国大计，他顾不上考虑自己的个人安危，数次犯颜进谏，谁知武攸宜一概拒听。就在刚才，自己再一次去找武攸宜商讨进军事宜，刚愎自用的武攸宜一怒之下，将他降职为军曹。他并不在乎自己官职的高下，可是武攸宜此人既无将才，又无识见，眼看着全军将士的性命就葬送在他的手中，陈子昂真是心如刀绞。他又想到自己疾恶如仇，敢于直言，曾数次向则天皇帝进谏，结果不被采纳。而朝廷任人不贤，以致政事腐败，民不聊生。为什么历史上有那么多君贤臣能的例子，也会有那么多生不逢时、怀才不遇的悲剧呢？他忍不住再一次浩然长叹，眼泪扑簌簌落在衣襟上。

又一阵遮天蔽日的风沙呼啸而来，蓟北楼上，兀立着一位胸怀大志却报国无门的志士，他孤独悲伤的背影显得那么苍凉悲壮。

## 登鹳雀楼

王之涣

白日依山尽，
黄河入海流。
欲穷千里目，
更上一层楼。

【鉴赏】

这是一首短小的五绝，历来脍炙人口。诗的开头两句用整齐的对仗直接写景，“白日依山尽”，这里的山是位于山西省东南部的中条山；“黄河入海流”应解为“黄河流入海”，因为在山西是看不到黄河入海的情景的，这是作者想象的情景。登上高高的鹳雀楼，向远处望去，只见白亮的太阳挂在巍峨的中条山顶。这是写天空中的景色、远处的景色。俯首看去，滚滚黄河水向着大海奔腾汹涌而去，这是由近望到远，由西望到东，使整个画面显得特别辽远。诗人用极其朴素、浅显的语言，极其形象又高度概括地把登楼所见的万里山河纳入十个字中，足见作者极强的驾驭语言的能力。作者为我们展现出了雄浑壮阔的山水景观，不仅描绘出祖国山河的壮丽，而且充分表现出盛唐时代的气势。眼前景色已经如此壮观，可是作者心中有更加远大的向往："欲穷千里目，更上一层楼。"他想要穷极千里之眼，把所有的山川美景尽收眼底，这是多么博大的胸怀和志向。这两句诗由眼前的景物和想象中的景观升华为一种哲理，激人奋发，催人向上，确为神来之笔。全诗自然流畅，雄浑壮阔，如同天籁。全诗紧扣"登"字，"白日"和"山"、"黄河"与"海"是登临所见，从登临所见进而生发出"穷"字，将思维的触角伸向哲理高度，远近设色，层层深入。前两句是整齐的正名对，即所谓的"正正相对"，语句极为工整。后两句是流水对，虽两句相对，却不留痕迹。其中的"依"与"尽"、"入"与"流"，"欲穷"与"更上"，遣词造句，极具匠心。

**【诗情演绎】**

一个晴朗的下午，王之涣来到永济县。永济县西有一座著名的高楼，叫鹳雀楼，依山傍水，是一处绝佳的登临胜地。王之涣久闻鹳雀楼盛名，今日来到此地，自然也要登临凭眺，一览胜景。这鹳雀楼建在黄河边上一处高阜之上，有三层之高，远远望去，直插云霄，气势极其雄伟。王之涣缓步进入楼内，拾级而上，先来到了二楼，凭栏远望，不觉眼前豁然开朗，胸襟也为之一荡。远远向西望去，只见一轮太阳，在远处苍翠的中条山的映衬下，发出白亮的光芒，显得明亮无比。白日之下，那一望无际、连绵起伏的群山一直消失在视线的尽头。落日，正向着这巍巍群山沉下去。王之涣沉醉在这日光山色之中。良久，才被脚下咆哮的黄河轰鸣声唤醒。他俯首看去，只见滔滔黄河水正从楼下奔涌而过，掀起惊涛骇浪，挟泥带沙，向着东方，向着大海，奔流而去。眼前的景色是如此壮观，简直就是一幅极其雄伟的山水画，在画的远方，纵深处，是青翠苍茫的中条山，连绵不断；在画的前方，黄河水奔涌而去，显得那么宽广辽阔。

王之涣沉醉在这壮丽的画面之中，许久许久，才渐渐回到现实之中，意识到自己是站在这高高的鹳雀楼之上。他抬起头来向上望去，这才是鹳雀楼的第二层，上面还有一层呢。才上到第二层，视野已经如此开阔，如果上到第三层，那不是可以望到更远地方的景色，一直看到穷目力所及的地方吗？是啊，那千里之外，极远的地方，又该是怎样一种景色呢？如今，正是大唐盛世，皇上圣明，国泰民安，天下太平，想必各地都是丰衣足食、歌舞升平的景象吧。而自己生逢盛世，饱读诗书，又胸怀大志，真希望能够一展才华，为国尽力。

想到这里，王之涣不由得激动不已。他忽然从这简单的登楼悟出了一层哲理。人，是不能井底观天的，而应该具有一种积极向上、高瞻远瞩的胸怀，要想看得更远，必须站得更高，他不由脱口念出一首五绝：

白日依山尽，黄河入海流。
欲穷千里目，更上一层楼。

## 登金陵凤凰台①

李白

凤凰台上凤凰游，凤去台空江自流。
吴宫②花草埋幽径，晋代衣冠③成古丘。
三山④半落青天外，二水⑤中分白鹭洲。
总为浮云能蔽日，长安不见使人愁。

【注释】

①凤凰台：故址在南京凤凰山。相传南朝刘宋元嘉年间因异鸟集于山而建。
②吴宫：三国时孙吴建都金陵（今江苏南京）。
③衣冠：指王公贵族。
④三山：山名，在南京西南长江边上，三峰排列，南北相连，故名三山。
⑤二水：秦淮河流经南京西入长江，因白鹭洲横其间而分为二支。

【鉴赏】

这首诗是唐代律诗中脍炙人口的杰作，代表了李白律诗创作的最高水平。虽然是一首咏怀古迹的诗，然而诗的字里行间隐喻着感时伤事的感慨。诗的前两句写凤凰台的传说，凤凰来游象征着一个王朝的兴盛，可是如今凤去台空，只有长江水仍然一如既往地向前奔流。三、四句就“凤去台空”做了进一步的发挥，当年三国时的吴国昔日繁华的宫殿如今已经成为一片荒芜，东晋时期那么多的风流人物如今也已进入坟墓。六朝的繁华灰飞烟灭，一去不返，历史在这里上演过多少幕胜败兴衰的悲喜剧啊。作者以一种深沉而严肃的历史眼光来审视前代王朝的兴衰，反思历史教训，抒发一种难以排遣的忧国之愁。五、六句从沉重的历史感慨中抽身而出，写大自然的壮美，对仗工整，气象雄伟壮丽，抒发了诗人对祖国美好河山的热爱。在最后两句中，表达了作者对现实政治的担忧。长安是朝廷所在地，“日”象征着帝王，“浮云蔽日”则暗喻皇帝被奸邪小人所包围，自己报国无门。这两句诗饱含着作者深沉的爱国忠君之心，抒发着忧世伤身的情感，意旨深远。这首诗的写法在一定程度上借鉴了崔颢《黄鹤楼》的创作，李白在诗中表达的是忧国伤时的情怀，意旨更为深远。

**【诗情演绎】**

离开长安城之后南游的李白，这一天来到了金陵城。他早就知道金陵城西南的凤凰山上有一座凤凰台，他决定登凤凰台，去看一看这个当年曾经有过美丽传说的地方。来不及找一个旅舍安顿下来，他就拄着木杖，向凤凰山顶进发。天空中微微下着小雨，这倒正适合他寻幽探古的心境。一路上，李白披荆斩棘，穿林过莽，很快就到了山顶。放眼望去，一眼就看到了凤凰台。终于看到传说中的凤凰台了，它只不过是一个不大的平台。李白长久地望着这平台，慢慢地绕着台子转了一圈又一圈。四周一片寂静，细雨还在下着，他的思绪似乎随着雨丝，飘回到历史的深处。那是在南朝时刘宋时期，忽然有一天，从天空中飞来了三只美丽的凤凰，它们身上那五彩的羽毛在阳光下发出绚丽的光芒，天空中响起了优美动人的旋律，它们在空中盘旋又盘旋，天空都被它们身上的七彩光芒照亮了。它们在空中飞啊飞，然后

《吹箫引凤图》【局部】仇英（明）

落在了现在的凤凰山上，片刻便飞走了。人们被这奇妙的现象惊呆了，就在凤凰停留的地方专门修了一个台子，把它命名为凤凰台，这座山也从此改名为凤凰山。多少年来，人们都到这里来怀想凤凰群聚于此的场景。

李白绕着凤凰台走着，深思着，想象着。如今，虽然凤凰台还在凤凰山上，虽然美丽的传说还是那么动人，可是这里却只留下这空空的凤凰台，再也见不到美丽的神鸟凤凰了。他站在台上，向山下望去。凤凰山脚下，浩浩荡荡的长江日夜不停地奔涌向前，一刻也不停息。他想起了在凤凰山脚下上演的一幕幕朝代的兴衰，这一切，都像那远逝的凤凰一样，一去不复返，只有那奔流不息的长江水，不分昼夜，经久不息地向东流去。他想起了当年在这里建都的吴国和东晋。当年，这些王朝的国君们享有怎样的奢侈与繁华，他们那雄伟华丽的宫殿建造得富丽堂皇，那宫殿里曾经有过多少佳人；当年曾经有过多少风流人物在这里笑傲江湖，可是如今，所有这一切，全都烟消云散了，这些佳人、风流人物，全都进了冰冷的坟墓，那往日热闹非凡的宫廷如今也都长满了荒草。往日那一时的煊赫，如今还能留下什么有价值的东西呢，只不过都变成了供人们登临凭吊时的想象罢了。

李白从对历史伤感的回忆中振作起来，抬头向远方望去。虽然繁华已成历史，但是江山依旧美丽，看那远处隐隐约约的山峰，一座又一座并立在西南方的长江边上，似乎有一半都融入到青青的天空之中了，而凤凰山西边的长江之中，是那著名的白鹭洲，它卧在江水之中，把长江水分割成两道。祖国的大好河山多么壮美啊！他深深地融入这江天山色之中了。他的思绪也从眼前飞向了更远的地方。他深邃的目光穿透时空，他深沉的思绪穿越了历史。在西北，在那青山之外，在这六朝古都之西，他想到了现在的都城长安，想到了朝廷，想到了皇帝。他刚刚离开那里，放弃了自己多年的志愿，来到了这里。他仰望着阴沉的天空，浮云蔽日，天空一片阴霾。那朝廷里像太阳一样显赫的皇帝，不是也像这太阳一样，被一群奸佞小人所包围，无法清明地作出决断吗？像他李白这样一心报国的人，即使想为国尽忠，也被那群小人所害，无法实现自己的抱负。他试图极尽眼力，向西北方向望去，想要看到他魂牵梦萦的长安，可是如此阴沉的天空，如此遥远的距离，这想法只是妄想罢了。

李白万般惆怅地背起双手，低下头，没有了以往登临时的激情与豪迈，他的心中充满愁苦和忧虑。凤凰山顶，凤凰台旁，一位清癯的诗人，一位忧国忧民的爱国者，孤独地伫立在那里。

## 蜀相

杜甫

丞相①祠堂何处寻？锦官城②外柏森森。
映阶碧草自春色，隔叶黄鹂空好音。
三顾③频烦天下计，两朝④开济⑤老臣心。
出师未捷身先死⑥，长使英雄泪满襟。

**【注释】**

①丞相：指诸葛亮。三国时诸葛亮任蜀国丞相。
②锦官城：今四川省成都市。因汉代成都织锦业发达，故被称为“锦官城”。
③三顾：指刘备三顾茅庐。
④两朝：指刘备、刘禅父子两朝。
⑤开济：指帮助刘备开国和辅佐刘禅继位。
⑥出师未捷身先死：公元234年，诸葛亮伐魏，同年八月病死军中。

**【鉴赏】**

这是一首凭吊古迹、颂扬诸葛亮的咏史诗。作者游览武侯祠，称颂诸葛亮辅佐两朝，惋惜他出师未捷而身死，既充满对诸葛亮无限崇敬之情，又有诗人对自己才困时艰的感慨。诗的前两句以自问自答的形式点明丞相祠堂即武侯祠的所在地。武侯祠在成都城南约一千米处。公元223年，蜀后主刘禅封诸葛亮为武乡侯，简称武侯。“丞相祠堂何处寻”，既可以理解为诗人寻找武侯祠的过程，更可以理解为诗人追寻武侯事迹，对诸葛亮无限追慕的心情。“锦官城”是指成都，因汉代成都织锦业发达，故被称为“锦官城”。颔联写祠堂内的景物，那映带在台阶两边的碧草独自在春光中吐露绿意，那藏身在森森柏叶之中的黄莺儿也唱着悦耳的歌声。这两句中的“自”与“空”二字，带有浓厚的感情色彩，点明了祠堂在春光中孤寂无人的情境，字里行间充满了睹物思人、物是人非的感慨。颈联“三顾频烦天下计，两朝开济老臣心”，以言简意赅的十四个字，高度概括了诸葛亮一生的功绩。诸葛亮既有治理天下的雄才大略，又有胸怀天下的远大抱负，因此，刘备才会不惜屈尊，三顾茅庐。而诸葛亮先辅佐先主刘备开创帝业，建立蜀汉，后又辅佐后主刘禅巩固帝业，真可谓功高盖世，但是他却丝毫不居功自傲，这足以表明他老臣谋国的一片忠心。尾联“出师未捷身先死，长使英雄泪满襟”，以无限的哀思和深切的痛惜写到了诸葛亮的死。后主刘禅建兴十二年，即公元 234 年，诸葛亮第六次出兵伐魏，终因操劳过度，于当年八月病死在武功五丈原军营之中，年仅 54 岁。这就是“出师未捷身先死”的史实。诸葛亮一生鞠躬尽瘁，这种崇高精神令后人无限崇敬，但是他事业未竟的遗憾也使得后人无不为之惋惜。“长使英雄泪满襟”，既是诗人杜甫因诸葛亮一生事迹而感动得泪流满襟，也写尽普天之下的英雄人物为诸葛亮惋惜的心情。这些英雄，就像诗人杜甫一样，大都是有志未遂的失意之人。这种壮志未酬的遗憾，使他们心中产生强烈的震动与共鸣，因此才会为之泪湿衣襟。




**【诗情演绎】**

初到成都的杜甫，身心极度疲惫。他刚刚走过一段十分坎坷的政治路途。杜甫年轻的时候和许多盛唐诗人一样，胸中怀着巨大的抱负，对自己的前途也颇为自信，认为自己如果做官的话，必定能身居要位，“致君尧舜上，再使风俗淳”。可是，他的仕途却从一开始就崎岖坎坷。天宝六年载（747），杜甫参加了由李林甫主持的一次考试，奸臣李林甫恐草野之士在对策时斥责他的奸恶作为，于是就使参加这次考试的考生无一人及第，还上表骗皇帝说“野无遗贤”。这个骗局使杜甫受到很大打击，落第之后就回到了家乡洛阳偃师。后来，他又一次来到长安，献赋上书，干谒赠诗，希望能得到引荐，但这都落空了。这样的生活持续了十年。十载长安路，杜甫过的是“朝扣富儿门，暮随肥马尘。残杯与冷炙，到处潜悲辛”的生活，使得杜甫历尽人生辛酸。尽管如此，杜甫忠君恋阙、仁民爱物的情怀却从未衰退过，反而变得更加强烈。“安史之乱”爆发后，杜甫落入叛军手中，被押解到陷落的长安，杜甫不肯投降，一直心念朝廷。当他听说肃宗即位灵武，就设法逃脱，历尽艰辛，终于到达了朝廷临时所在地凤翔。他被授予左拾遗的官职。杜甫脱离叛军的控制，一下子又得到了朝廷的任用，心中非常激动。不久，由于房琯罢相，杜甫上疏援救，触怒了肃宗，被放还探家。后来，杜甫虽然仍官左拾遗，但却有名无实，不被重用，杜甫空有报国之心，却无法有所作为。后来，杜甫被贬为华州司功参军。第二年秋天，绝望的杜甫终于弃官，携带家人入蜀。这年年底，他们经过长时间的舟车劳顿后来到了成都。

这一天，杜甫闲来无事，决定到武侯祠去。杜甫在成都郊外寻访许久才找到。只见丞相祠堂掩映在苍翠的松柏之间，显得庄严威武。杜甫向祠堂走去，那石砌的台阶上长满了青草，那藏在树丛里的黄莺见到人来似乎也不知害怕，仍然在啼叫。看来这里很少有人来，多少显得有些荒凉。想到诸葛亮当年的功绩与才德，杜甫心中不由有些酸楚。想当年，先主刘备听说诸葛亮的雄才大略，非常赏识他，三次登门拜访，君臣二人在隆中对策，定下了东联孙权，北拒曹操，西取刘璋，南抚夷越等一系列促进和恢复国家统一的策略。后来，刘备果然在诸葛亮的辅佐之下实现了这些想法。诸葛亮先辅佐先主创业，后辅佐后主刘禅巩固帝业，无论是辅佐先主还是后主，他都是忠心耿耿。后来他病死在五丈原，未能实现复兴汉室、统一中国的天下大计，带着无限遗憾去世了。虽然是英雄壮志未酬，但是他“鞠躬尽瘁，死而后已”的精神却流传千古。

站在诸葛亮的祠堂里，缅怀丞相一生事迹，想到丞相“出师未捷身先死”的遗恨，杜甫不由得想到了自己的身世。这么多年来，无论时世多么艰难，家庭有多少变故，他都无时无刻不在想着为国出力，可是，他空有报国的雄心，却遇不到像先主刘备那样的贤君，因此，也只能对自己心中未能实现的政治抱负遗憾不已。今天，他来凭吊丞相，何尝不是想借此发泄一下壮志未酬的遗憾呢？杜甫低下头来，才发现不知何时，他的眼泪已经如泉水般涌出，扑簌簌洒落在衣襟上。他不禁又想到，千百年来，不知有多少有志未遂的英雄豪杰，站在丞相祠堂前，泪满衣襟啊。他听任自己的泪水滚滚而下……

## 赤壁①

杜牧

折戟沉沙②铁未销，
自将磨洗认前朝。
东风③不与周郎④便，
铜雀⑤春深锁二乔⑥。

【注释】

①赤壁：地名，在今湖北省武昌县西南赤矶山。东汉末年孙权、刘备的联军在这里大败曹操的军队，这次战争史称“赤壁之战”。
②折戟沉沙：断了的戟没入沙中。戟：古代的一种兵器。
③东风：赤壁之战中，孙刘联军用火攻战胜了数量上远远超过己方的曹军。在火攻的关键时刻，恰好刮起了强劲的东风，对战胜曹军起了重要作用。
④周郎：指周瑜。
⑤铜雀：台名，曹操所建。
⑥二乔：指吴国两位美女，大乔嫁给孙策，小乔嫁给周瑜。

【鉴赏】

这是一首吊古咏史诗。诗的前两句借物起兴，引起怀古的主题。诗人来到赤壁古战场，在那里找到了一只折断的铁戟，它沉没在水底的泥沙之中，历经六百余年，还没有被流水和时光销蚀掉。诗人将它进行磨洗，鉴定出来这确实是三国时期赤壁之战时的一件兵器。面对这件前朝征战的遗物，诗人不由发起思古之幽情，想起了赤壁之战时的情景，尤其是想起了当时占尽风光的年轻英雄周瑜。诗的后两句由此展开怀古的内容，诗人并不是直接铺叙战争情形，如东风如何帮助周瑜取得战争胜利，或是直接议论人物如何运筹帷幄，而是用假想从反面推断战争后果。赤壁之战中有一个重要的细节就是借助于有利的东风，火攻才得以顺利地、成功地实施，这一点后来被人们添枝加叶地流传开来。诗人便从东风这一点着手来论断英雄与历史：那志得意满的周瑜，如果不是借助于为他行便利的东风，只怕赤壁之战的结果要反过来，历史就要改写——曹操取得战争胜利，东吴战败，三国鼎立的局面也无法形成，东吴最终要亡在曹操手中，东吴有名的两个美人，孙策的妻子大乔和周瑜的妻子小乔，只怕也要成为曹操铜雀台中的俘虏了。这两句巧于立意，妙绝千古。全诗豪迈俊爽，构思精巧，议论精辟，影响深远。

**【诗情演绎】**

这里是赤壁古战场。杜牧站在一块巨大的青石上面，看着长江水从面前滚滚流过。想当年，赤壁鏖战，烈焰冲天，烧溃曹操百万大军，那年轻的统帅周瑜该是多么的志得意满，雄姿英发。今天，他来到这里，想要在这里找到一些历史的遗迹，凭吊怀古。可是，举目四望，这里只有长江的惊涛骇浪和岸边丛立的乱石。那势如奔马的浪涛好似当年的千军万马，那犬牙交错的乱石，似乎是正在拼命厮杀的两军战士，那色彩各异的乱石，似乎是当年燃起的熊熊烈火……

过了好长时间，杜牧的视线才从眼前的景物上收回来，思绪才从无尽的想象中回到现实。他走下巨石，走进乱石丛中，他仔细地在石间寻觅，想要找到一点战争的遗迹。他一直向前走去，乱石变成了鹅卵石，鹅卵石变成了细沙，他一直走到江水之中，专注地低头探寻。忽然，他的视线被水下一个奇形怪状的物体吸引住了，他的心头一阵狂喜，忘乎所以地伸手向水下抓去。在水中，他抓到了一个冰冷的东西。他抓紧那东西，走上岸去。虽然不知已经被岁月和流水侵蚀了多长时间，但从外形上还是很容易辨认出来，这是一支断戟，戟身上满是斑斑铁锈。望着这支不知来历的铁戟，杜牧心里迫切想知道这是不是赤壁之战时留下的。他拿起铁戟，蘸着江水，在一块石头上磨去铁锈。戟的形状在他手中渐渐清晰起来，他的心也更加激动，从形状和材料上来看，这的确是一把三国时的戟。毫无疑问，这是赤壁之战时的兵器。六百年了，它被江水冲刷侵蚀，卷入水底，今天，不知道是怎样的巨浪把它又从江底翻了出来，恰巧被寻古吊古的杜牧拾到了。望着这支六百多年前不知被谁使用过的断戟，杜牧感觉自己似乎回到了从前，回到了赤壁大战之中，他似乎看到了意气昂扬的周瑜从容不迫地指挥着精悍的装满硫黄火药的战船，借着那有如天助般的东风，顺风而上，直击曹兵大营中的战船。号称百万雄师的曹军，在大火面前不知所措，落荒而逃，在烈焰之中无望地挣扎。最终，曹操狼狈逃离，曹军元气大伤，弱小的孙、刘两家，终于可以借机扩大势力，最终形成了三国鼎立的局势。“赤壁之战”在三国局势形成的过程中有着举足轻重的意义。周瑜占尽了天时地利人和，最终取得了战争胜利。可是，如果没有

那场如同天助的东风，赤壁火攻的结果也许要改变，历史就要重新改写。曹操的大军必然会战胜弱小的孙刘联军，吴国迟早会被曹操消灭。到那个时候，周郎就不会这么得意，他的爱妻小乔，和小乔的姐姐大乔——吴国国君孙权之兄孙策的妻子，就会被曹操掳进他享乐的铜雀台中了吧。

想到这里，杜牧心中不禁暗自神伤。是啊，那周瑜之所以取得赤壁之战的胜利，主要得益于东风，没有什么值得夸耀的地方。真是“时无英雄，使竖子成名”。可是自己，虽有经邦济世之才，通晓军事政治，对现实局势也有清楚的了解，可是这一切又有什么用呢？他曾多次向朝廷提出过一些与外邦作战的军事意见，却从来没有受到过重视。他这满腹的定国安邦之策，满腔的抑郁不平之气，如何得到宣泄？

手握残戟的杜牧，低头沉思，两行清泪，滴在那闪着冷光的戟上……

## 西塞山①怀古

刘禹锡

王濬②楼船③下益州④，金陵⑤王气黯然收。
千寻⑥铁锁沉江底，一片降幡⑦出石头⑧。
人世几回伤往事，山形依旧枕寒流⑨。
今逢四海为家⑩日，故垒⑪萧萧芦荻秋。

**【注释】**

①西塞山：在今湖北黄石市大冶东面的长江边上。
②王濬：字士治，晋益州刺史。太康元年（280）自成都率水军攻吴。
③楼船：高大的战船。
④益州：今四川成都。
⑤金陵：今江苏南京。
⑥寻：古时八尺为一寻。
⑦降幡：降旗。
⑧石头：石头城，故址在今南京清凉山。
⑨寒流：指寒冷的江水。
⑩四海为家：意即天下统一。
⑪故垒：指西塞山，也包括六朝以来的战争遗迹。



**【鉴赏】**

这是一首咏史怀古诗，被誉为“唐人怀古之绝唱”，备受推崇。诗的前四句写西晋东下灭吴的历史事实，洗练、紧凑地在对比之中写出了进攻的路线和战斗的结果，“千寻铁锁沉江底”与“一片降幡出石头”形成严谨的工对，使读者感受到了胜利者那种摧枯拉朽的气势和失败者溃不成军的样子。后四句写西塞山。“人世几回伤往事”一句以高度概括的语言总结历史，言简意赅。虽然几度朝代兴亡，但是西塞山却依然如故地耸立在长江边上。西塞山是重要的军事要塞，六朝时期，这里上演过许多你争我夺的战争故事。尽管历史兴亡，兵家在此你争我斗，但西塞山却依然故我。最后两句写如今四海一家，江山统一，像六朝那样的分裂已经一去不复返，表现了国家统一是历史发展的必然的思想。全诗酣畅淋漓，纵横开阖，将怀古、慨今、警戒后世融为一体，寓意深刻，发人深省。

**【诗情演绎】**

晚年的刘禹锡在东都洛阳秘书监任职。这个时期，由于党争激烈，政局动荡，不少当年曾积极参与政治的文人纷纷退出政坛，东都洛阳便成了他们闲散聚集之地。刘禹锡和著名诗人白居易是其中的核心人物。他们与远近诗友聚会宴饮，应答酬唱，一时间蔚然成风。

这一天，刘禹锡、白居易、元稹、韦楚客四个人，聚集在白居易的家中，照例摆上酒宴，大家边饮酒，边聊天。不知是谁提起了三国和晋代的兴亡史，大家都深有感触。当年晋武帝司马炎下令消灭东吴，益州刺史王濬建造了高大的战船，率水军八万沿长江而下，东吴打造了长长的铁链将长江险要处拦住，同时在江心安了一些大铁锥，企图阻止战船通过。王濬用大木筏为先锋，放入江中，木筏触到江中的铁锥，就将铁锥推走了。又用粗大的火炬烧熔了拦江的铁链。就这样，西晋大军沿江而下，直抵石头城下。东吴国君孙皓被迫自己反缚双手，抬着棺材向西晋军队投降。分裂了六十年的三国鼎立的局面，暂时获得统一。公元 290 年，西晋开国皇帝司马炎去世，统治集团内部发生了剧烈的争权夺利的斗争，八位姓司马的王爷为夺取政权，进行残酷的攻杀，这就是著名的“八王之乱”。后来，他们勾结北方少数民族来帮忙，最终引狼入室，东都洛阳和西都长安均被匈奴人攻陷，西晋两个皇帝先后被掳，西晋灭亡。公元317年，司马睿在建康称帝，建立起偏安的东晋王朝。后来宋、齐、梁、陈四个朝代先后建都建康，又因为皇帝昏庸，骄奢淫逸，一个个都成为短命的王朝。

四个人谈论着这段历史，心中充满感慨。历史已经成为前尘往事，可是金陵城却依然延续着它的繁华。于是，他们商议各赋一首有关这段历史的怀古诗。刘禹锡站起身来，走到桌前，倒了一杯酒，慢慢喝着，六朝时期的历史一幕幕地浮现在他的眼前。他想起前不久他由夔州调往和州的途中，乘船沿长江东下，看到岸边的西塞山，想起了三国时期发生在这里的历史事件。当年，就在这长江浩浩荡荡的水流之中，东吴军队在水中立下铁锥，在长江两岸拦上铁链，自以为占尽长江天险之地利，可以高枕无忧，谁知魔高一尺，道高一丈，最终还是难逃亡国的命运。如今，山河依旧，当年的兴衰成败都已随着流水不复存在，而那见证了多少历史轮回的西塞山仍然静默无言地注视着人间万象。想到这里，他的心中充满感慨，只觉得心潮澎湃，意绪难平，胸中有许多话语似乎喷薄欲出。

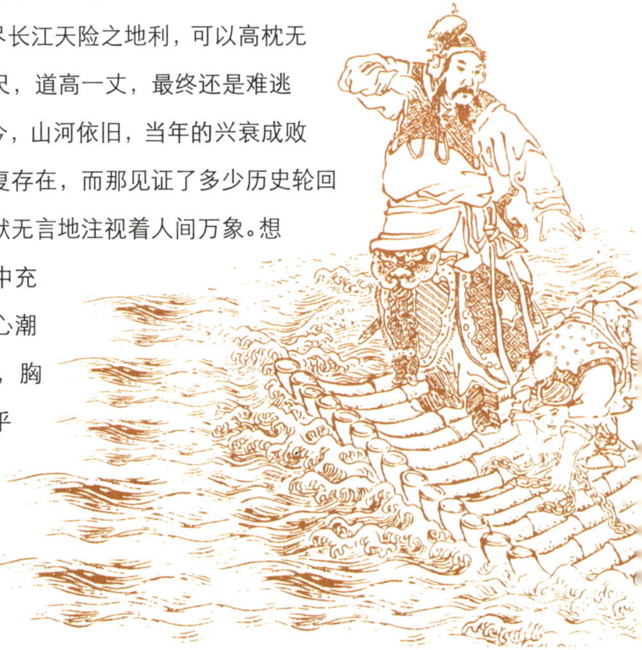

刘禹锡觉得脑海中已经有了吟咏的对象，于是就走到窗口，开始构思谋篇。三国六朝时代风云变幻，朝代更迭频繁，国家动乱，民不聊生，一直到隋朝才统一。可是隋朝仍然很短暂，直到大唐王朝建立，国家才算真正统一，人民才安居乐业。可是现在，藩镇割据，中央号令不行，非常令人担忧。想到这里，他的心中充满感慨，一首怀古、鉴今的诗于是在他脑海中形成了。他看了看其他三人，他们或沉思，或饮酒，或来回踱步，都还在苦思冥想。刘禹锡走到书案边，铺好纸张，提起笔来，饱蘸浓墨，一首七律《西塞山怀古》一挥而就。

白居易等三人见刘禹锡才思如此敏捷，就都不再谋思自己的诗了，走上前来看他写的是什么。白居易轻轻地把这首诗念了一遍，只觉得意蕴无穷，不由高声再念了一遍，他忍不住惊叹道："好诗！好诗！"他转过身来，伸手拍着刘禹锡的手臂，说道："我们四个人一起去探骊龙，你一个人先得到了龙珠，我们三个人还要那些龙鳞龙爪做什么呢！"元稹和韦楚客看过诗后，都深深叹服，连声齐道："有了你这首诗，我们哪里还敢再写呢！"

## 黄鹤楼①

崔颢

昔人②已乘黄鹤去，此地空余黄鹤楼。
黄鹤一去不复返，白云千载空悠悠③。
晴川历历④汉阳树，芳草萋萋鹦鹉洲⑤。
日暮乡关⑥何处是，烟波江上使人愁。

**【注释】**

①黄鹤楼：故址在今湖北武汉长江大桥桥头处。
②昔人：传说中的仙人。
③悠悠：久远的意思。
④历历：清晰、分明的样子。
⑤鹦鹉洲：原在武汉市武昌城东南，据《后汉书》载，汉黄祖担任江夏太守时，在此地大宴宾客，有人献上鹦鹉，故称鹦鹉洲。
⑥乡关：故乡。

**【鉴赏】**

崔颢（704？—754），汴州（今河南开封）人，盛唐著名诗人。开元十一年（723）进士，曾为太仆寺丞、尚书司勋员外郎。早期多闺艳诗，轻薄浮艳。后至边塞，诗风变得慷慨高峻，雄浑豪放。

这首诗是吊古怀乡的佳作，千百年来为人们所传诵。诗人登上历史名胜黄鹤楼，由此引发出无尽的联想；看到眼前的景物，不由即景生情，生发出怀念故乡之情。诗的前四句从黄鹤楼之得名写起，反复抒写鹤去楼空之意，语势一泻而下，没有丝毫滞碍，给人以一气呵成的感觉，语句文思都有一泻千里之感。四句之中“黄鹤”一词反复出现三次，尤其是第一、二句的第五、六两字同是“黄鹤”，却因为诗歌气势奔流而下，使读者一口气读下去，而无暇觉察到它的重复出现。像这四句中“去”字、“空”字也都反复出现，其效果也与“黄鹤”二字相同。这四句诗的平仄也完全不按七律规范。这种违反律诗格律要求的现象称为“拗律”，一般被认为是诗病。但是在这首诗中不但不被视为拗律，反而被历来的诗论都大加赞扬，这是因为崔颢依据的是诗歌要以立意为要，以及不以词害意的创作原则，诗歌的意义已经超越了语言本身，即所谓的“意得象先”，因此成为历代文人推崇的珍品。

这首诗的前半部分用变格的手法来写，而后半部分却完全按照律诗的格律要求进行创作。如果一味违反常规，那么这首诗就不是一首七律，而是一首七古了。“晴川历历汉阳树，芳草萋萋鹦鹉洲”二句对仗工整，描写由黄鹤楼上所见到的汉阳、长江洲渚的景色，进而抒写由此引发的乡愁。昔人已乘鹤飘然而去，给人以渺渺不可知的感觉；春草萋萋，让人想起《楚辞·招隐士》中“王孙游兮不归，春草生兮萋萋”的诗句，也让人想起白居易“又送王孙去，萋萋满别情”的离愁，因此诗的下面两句写“日暮乡关何处是，烟波江上使人愁”就顺理成章。从登临古迹到抒写乡愁，看似没有联系，实际上却文脉贯通。这首诗自然宏丽，意在象先，神行语外，出神入化。





**【诗情演绎】**

黄鹤楼是湖北武昌著名的古迹，这里背倚蛇山，面对长江，是观景的绝佳之地，来到武昌的人一般都要来此登高远眺。这一次，崔颢因事来到武昌，早就盼望着事情办完之后去黄鹤楼游玩。这一天下午终于有些闲暇，他就带着期盼的心情出发了。

远远地就看到黄鹤楼那雄伟的身影，它傲立江边，吸引游人攀登。崔颢揽起衣襟，拾阶而上。随着不断登高，眼前的景色也在不停地变换。同样的景物，每登高一层，视野就更开阔，让人的心胸也不由得随着开阔起来。终于登上了巍峨的黄鹤楼，来不及歇息一下，崔颢就凭栏远眺，极目远望。只见夕阳斜挂，明朗的天空下，江天尽处，水天一色，烟波浩渺，滚滚长江水奔流而来，真让人有飘飘欲仙的感觉。他想起费文伟在此驾鹤登仙的传说，不由得放眼往云霄看去，想看看如烟的云朵里是否有神仙驾着黄鹤往来飞翔。可是神仙早已登仙而去，要想再见到载仙的黄鹤是不可能的了。这里留下的只有这高高的黄鹤楼和这座因楼而得名的黄鹤山，还有这山前日日飘荡的云朵，以及楼下奔流不息的长江。崔颢把思绪从遐想中收回，再看这眼前的景色，远处的汉阳城在这灿烂的阳光下显得分外清晰，城中那一株株树木都历历在目。回眸看那江水，只见江流之中的沙洲被青草覆盖，上面点缀着朵朵五颜六色的花朵，在碧绿的江水之中显得那么美丽。看着这秀美的景色，崔颢觉得心旷神怡。

他久久地站在那里，眺望着鳞次栉比的汉阳城，渐渐觉得一丝忧愁袭上心来。城中那一座座房屋之中想必居住着一户户幸福的人家，可是自己却远离家乡亲人，在这人地两疏的地方作客。久居异地，长期不归，音信间疏，他非常思念家乡和亲人。眼前那萋萋满洲的景色，使他不由得想起了“王孙游兮不归，春草生兮萋萋”的诗句。这景色，让他心中的乡愁愈来愈浓。他多想那只当年载人成仙的仙鹤飞到身边，载着他，飞越千山万水，飞回到他的家乡，飞到他的亲人身旁……

人生若只如初见

## 望月怀远

张九龄

海上生明月，天涯①共②此时。
情人③怨遥夜④，竟夕起相思。
灭烛怜光满，披衣觉露滋。
不堪⑤盈手⑥赠，还寝⑦梦佳期。

**【注释】**

①天涯：遥远的地方。
②共：同度。
③情人：有情之人。
④遥夜：长夜。
⑤堪：忍受。
⑥盈手：双手捧满。
⑦寝：卧室。

张九龄像

**【鉴赏】**

张九龄（673—740），字子寿，一名博物，韶州曲江（今广东韶关）人。武后神功年间进士，玄宗时官至中书侍郎同平章事，迁中书令。刚正不阿，直言敢谏，深谋有远识，为唐名相。曾谏除安禄山。受李林甫排挤而贬为荆州长史。工诗能文，为盛唐前期重要诗人。他的诗早年词采清丽，情致深婉，为诗坛前辈张说所激赏。被贬后风格转趋朴素遒劲。对王维、孟浩然等山水田园诗人颇有影响。

这是一首月夜怀念远人的名篇，写景与抒情并举，情景交融。首句“海上生明月”初看是平淡无奇的写景，却有一种高华浑融的气象，意境雄浑阔大。第二句“天涯共此时”直接转向抒情，点出了“怀远”的主题。这两句点明诗题，自然浑成。第三、四句直承主题，以“怨”字为中心，写有情之人因为两地相思，不能入睡，竟然怨恨起这长长的夜晚。既不能眠，灭烛望月，清光满屋，惹人怜爱。披衣出屋，夜露沾润。最后两句写月华如此可爱，可是却不能掬起一捧，赠与远方的亲人，还不如回到房内，做个美梦，或许可以在梦中有个欢娱的约会。此诗意境清幽，情感真挚，语言明快。“海上生明月，天涯共此时”更为千古佳句。

**【诗情演绎】**

张九龄静静地躺在床上，从窗口向外望去。月亮的清辉透过窗棂如水般洒在屋内的地上，就连房间内高燃的蜡炬都显得黯然无光。他从床上起来，穿上鞋子，来到窗前，推开窗子，仰头望去。只见远处的湖面在月光下平滑如镜，那苍茫无垠的湖面与万里无云的夜空连在一起。就在那水天之间，一轮皎洁的明月正冉冉升起，如一只巨大的银盘悬挂在宁静的夜空中，这景色是如此壮观，如此空阔，似乎让人的胸怀也随着开阔了许多。张九龄完全沉醉在这月色之中，许久都没有移动身子，可是他的思绪却如无缰的野马，驰骋在这无边的夜空之中。此刻世间不知有多少人同他一样，正站在这月光下举头仰望，欣赏这同样的月色。

张九龄把目光从浩瀚的太空收回来，望着不远处泛着微波的湖面。他的思绪也收了回来。他想起了自己现在的处境。离家已经很多天了，由于相隔太远，已经很久没有与家里互通音信了。每天晚上，独守空房，孤苦伶仃，思亲之情总是油然而生，常常令他彻夜难眠。从月出东方直到月落树梢，这漫漫的长夜里，他无时无刻不在思念着远隔天涯的亲人。这思念令人无法忍受，这思念令人久不能寐，他不由得深深地埋怨起这漫漫长夜来。

他慢慢地踱着步子，身影在烛光的映照下时长时短，时远时近。他忽然觉得这烛光把月亮的光辉都映没了，就走向烛台，把蜡烛熄灭了。果然，窗外的月色似乎一下子倾泻进了屋子，也一下子倾泻在他的身上。他无限怜爱地注视着这月光，赏玩着这月色。良久，他才发现这一屋的月光竟显得那么清冷，他觉得这满屋的月色已不够他寄托自己的情感，于是就披上衣服，来到院子里。出来以后，他才感觉到有一丝丝的凉意，露水悄悄地在夜色下滋生，不知不觉，就浸润了衣裳。他的眼前也一下子豁亮了许多，那如银的月色，充满了整个天地，把他整个地包融起来了。他的心中充满了无言的喜悦。他在这充盈天地的夜露月色中久久地徘徊。那澈亮的月光如水一般，似乎还在夜色中缓缓地流动。他不知不觉地掬起双手，想要捧起一捧月光。他又想起了远方的亲人，这美好的月色，饱含着他对远方亲人的满腔思念之情啊，要是能赠给她一捧，该多好啊。只可惜，他的双手一伸出去，似乎那月光就如水银般地从指间流走了。他不禁哑然失笑，心想月光再好，我也无法赠给远方的你啊。还不如回去睡吧。也许，睡着之后，我会做一个好梦，也许在梦里，我能与你有一次欢娱的约会……

张九龄披着月色回到屋内，和衣而眠。他迫不及待地想睡着，想要做一个期待已久的好梦。这个愿望让他的心情逐渐平静下来，爱人那甜美的笑容似乎就在眼前，他的脸上露出了平和而满意的微笑。窗外那如水般的月光倾洒进屋子，他的爱人似乎也正踏着月华越窗而来……

## 对酒忆贺监①（之一）

李白

四明有狂客②，风流贺季真。
长安一相见，呼我谪仙人。
昔好杯中物，今为松下尘。
金龟换酒处，却忆泪沾巾。

【注释】

①贺监：即贺知章，字季真，今浙江萧山人。曾官至秘书监，因此李白尊称他为“贺监”。

②狂客：贺知章自号“四明狂客”。

【鉴赏】

这是一首悼念亡友的诗。诗歌以平白质朴的语言刻画出贺知章典型的性格特征。开头两句简单却又准确地介绍贺知章是风流狂客。贺知章自号“四明狂客”，诗人这里巧妙地将这一点化用进自己的诗中。“长安一相见，呼我谪仙人”两句，介绍了诗人与贺知章相识时的情景。贺知章第一次见到李白，就称他是天上谪下来的仙人，表现出贺知章豪放洒脱的性格。“昔好杯中物”一句点出了贺知章的另一个非常具有代表性的爱好——饮酒。贺知章嗜好饮酒是出了名的，当时被称为“饮中八仙”之一。诗人也非常爱好喝酒，因此才会非常怀念这一点。“今为松下尘”一句，饱含诗人对友人辞世的痛惜与怀念之情。诗人从回忆中回到现实世界，想起当年金龟换酒的情景，忍不住掉下泪来。这首诗通过回忆以往与贺知章的交往经历，表达了对已经亡故的朋友的无尽思念，饱含深情。

**【诗情演绎】**

自从玄宗赐金放还后，李白重新过上了四处漫游的生活。这一天，他来到了山阴，这是他的知心好友贺知章的故乡。一年前，刚刚告老还乡一年的贺知章去世了。李白听说这个消息之后非常悲痛，这次他来到山阴，一定要到墓前祭拜友人。他走在山阴曲曲折折的小路上，徘徊在美丽的镜湖畔，无时无刻不忆起贺知章，回想起他们在一起无话不谈、对酒痛饮的日子。怀念他，最好的方式就是饮酒，这是贺监在世时他们最痛快的时光，他也要用这种方式来纪念这位难得的朋友。

李白沽得一壶酒，来到镜湖边上，痛饮长啸，追忆挚友。想当年，他刚刚来到长安，人生地不熟，独自住在旅舍里。自号“狂客”，年已古稀的贺知章，身居高位却虚怀若谷，礼贤下士，他早就听说了李白的诗名，特地来到旅舍拜访李白。贺监为人放达，非常豪爽，与李白一见倾心，二人相互倾慕。李白把自己所做的《蜀道难》拿给贺监看，贺知章还没有读完，就已经连声称赞，大呼道：“李白，李白，你哪里是凡人，你是天上下凡来的谪仙人啊！”从此，“谪仙”的称呼就传了出去，李白在长安的诗名更加显赫。看完诗后，贺知章激动不已，拉着李白来到了酒馆里饮酒。到了酒店，才发现没有带钱，两人相视大笑，贺知章解下身上所佩的玄宗皇帝赏赐的金龟换酒，二人推杯换盏，痛饮狂歌，那情境真是令人终生难忘。

李白来到长安，本是听朋友之劝，想要求取功名。贺知章深深知道李白才华盖世，极力想要帮助他。他给当时的主考官杨国忠和监考官高力士分别写了书信，向他们推荐李白。谁知杨、高二人贪图钱财，见贺知章推荐李白，以为贺知章得了李白的好处，因此故意刁难李白，使得李白科举未中。但是贺知章对李白的深情厚谊却让李白感激不尽。

李白与贺知章同朝为官的时间并不长。天宝三载的时候，已经八十多岁的贺知章请求告老还乡，唐玄宗同意了，还答应把贺知章家乡的镜湖送给他。在欢送他回乡的宴席上，玄宗让百官赋诗为贺知章送行。作为贺知章的好友，李白非常舍不得贺知章离开，但是也为他能在老年时回到故乡安度晚年感到高兴，于是他写了一首《送贺宾客归越》：“镜湖流水漾清波，狂客归舟逸兴多。山阴道士如相见，应写黄庭换白鹅。”李白用充满向往的笔墨想象贺知章回乡之后泛舟镜湖、以字换鹅的悠然自得的生活，表达了对贺知章的祝福。可是贺知章回乡后不到一年就去世了。

李白站在贺知章的故居前，追忆当年与贺知章交往时的桩桩往事，尤其是对贺知章大力奖掖提携他的义举，心中更是充满感激，于是写下了《对酒忆贺监》二首，表达自己失去友人后的痛惜和怀念之情。

## 九月九日忆山东①兄弟

王维

独在异乡为异客，
每逢佳节倍思亲。
遥知兄弟登高②处，
遍插茱萸③少一人。

**【注释】**

①山东：这里指华山之东。王维祖籍山西永济，在华山之东。
②登高：中国人在重阳节有登高以避邪的习俗。
③茱萸：一种有香气的植物。

**【鉴赏】**

和王维后来创作的那些富于诗情画意、讲究构图设色的山水诗不同，这首抒情小诗写得非常朴素，但以其质朴的语言、深厚的情感千百年来为人们所传诵。诗的前两句采用直接抒情的方法，用朴实无华又高度概括的语言把游子思乡的感情成功地表达出来，使诗歌一开始就形成了抒情高潮。“独在异乡为异客”，一个“独”字和两个“异”字，把诗人他乡作客的孤独感表达得淋漓尽致。王维在长安求取功名时，结交的大多是达官贵人，见尽了长安城的繁华，可是即使如此，年轻的王维仍然感到孤子一人身处繁华都市茫茫人海的孤独。

这种思乡之情平常不一定显露出来，但一遇到万家团聚的佳节时，就会爆发出来，即诗中所谓“每逢佳节倍思亲”。这是人人都有的一种情感体验，可是从来没有人像王维这样平实而准确地表达出来过，它最能表现出客中思乡的情感，成为格言式的警句，成为游子思乡念亲的名言，千百年来打动了无数游子的心。后两句避开前两句直接抒情的模式，用一种想象的方式，写远在故乡的兄弟们今天在登高时，人人身上都戴上了茱萸袋，却发现唯独少了一位兄弟——作者自己。诗人不写自己不能与众兄弟登高插茱萸时的孤独，却写众兄弟佳节未能团圆的遗憾，使诗歌显得曲折有致。

**【诗情演绎】**

九月九日这天，王维谢绝了一切应酬，独自一个人信步走出长安城外。这样的日子自从他来到长安之后，是从来没有过的。虽然他今年只有十七岁，但是在家乡早已诗名远播。像许多热衷于仕进的青年一样，为了求取功名，他来到了京城长安。他早就听说过都城的繁华，一来到京城，凭着自己出众的才华，他有意去拜谒当时的一些官员。他的诗受到他们极大的赞誉，因此结交的朋友越来越多，每日和他们诗酒宴乐，再通过这些朋友去结交更多的朋友和更高的官员，过得也颇充实。是啊，十几岁的年龄，正是一生中最无忧无虑的时候，正是奋发进取的时候。

可是，毕竟他还是一个十几岁的少年，每当晚上独自一人的时候，他还是会不由自主地思念家乡，思念父母和伙伴。有时候，他甚至有这样一种感觉，越是在茫茫人海之中，越是体会到自己的孤孑无依。独自一人终日混迹于异乡，无论是怎样的繁华，也掩盖不住身为异乡客的这种孤独感，这种感觉会在任何时候任何地方不由自主地从心中冒出来，比如说一个小小的不同的风俗、人们待人接物的方式、生活习惯，尤其是语言的差异更是给他带来了一些不便。他刚来时虽然有些不适应，但很快也就因忙于事务而忽视了。可是今天是重阳节，这在他的家乡，尤其是对于像他这么大年龄的青年来说，是一个非常重要的节日。他们在每年的这一天都很早就起床了，大家佩戴起头一天就缝好的茱萸囊，匆匆吃一些早饭，就去登高。同一家族的众兄弟结伴携手去登高游玩，那是多么热闹壮观的场面。可是，在长安，他孤独一人，远离家乡、父母、兄弟，有谁会给他缝茱萸囊，有谁和他一起喝菊花酒，又有谁能和他一起登高呢？虽然平时也会有这种身在异乡为异客的感觉，也会感到自己像漂浮在异地的一叶浮萍，但是这种感觉往往是隐隐约约的，不足以影响他的情绪。可是今天，

重阳节，这种积聚了许久的感觉好像一下子被点燃了，一下子爆发出来，一发而不可抑制。那些与重阳有关的各种人和事，都一齐涌上心头，把他淹没在其中，把他淹没在不能自拔的思亲之情中。

没有插茱萸囊，没有菊花酒，更没有兄弟相伴，王维一个人登上了一座小山。在山的最高处，他朝着家乡的方向静静地坐下来。虽然无法和亲人在一起，可是他的心是和他们在一起的。在这样一个团圆的日子里，虽然他不在兄弟们的身边，但是他的心是和他们在一起的。他想起往年的今天，太阳刚刚露出一点笑脸，不用母亲像往日那样一遍一遍地催叫起床，他就和兄弟们早早地从床上爬起来，拿起放在床头的茱萸囊——那可是他们头一天下午就上山采来茱萸，请母亲忙里偷闲缝制的。他们总是匆匆地吃几口早饭，就迫不及待地出门了。除了自家的亲兄弟，他们还要去和同族的兄弟们集合，一起去登高。一族的兄弟有十几个，都聚齐后，他们就出发了，那场景可谓是浩浩荡荡。一路上，他们说说笑笑，互相携着手，登上最高的山峰。就在峰顶上，他们打开从家里带来的菊花酒，席地而坐，饮酒玩耍，兄弟们之间亲密无间……

是啊，家乡的兄弟们今天必定像往年一样去登高，可是他们在佩戴茱萸囊的时候，却会发现多了一个茱萸囊，少了一位兄弟，他们一定会因此而感到未能完全团聚的遗憾吧。想到这里，王维不禁有些伤感……

## 长恨歌

白居易

汉皇①重色思倾国②，御宇③多年求不得。
杨家有女④初长成，养在深闺人未识。
天生丽质难自弃，一朝选在君王侧。
回眸一笑百媚生，六宫粉黛⑤无颜色。
春寒赐浴华清池⑥，温泉水滑洗凝脂⑦。
侍儿扶起娇无力，始是新承恩泽时。
云鬓⑧花颜金步摇⑨，芙蓉帐暖度春宵。
春宵苦短日高起，从此君王不早朝⑩。
承欢侍宴无闲暇，春从春游夜专夜。
后宫佳丽三千人，三千宠爱在一身。
金屋⑪妆成娇侍夜，玉楼宴罢醉和春。
姊妹弟兄皆列土⑫，可怜光彩生门户。
遂令天下父母心，不重生男重生女。
骊宫⑬高处入青云，仙乐风飘处处闻。
缓歌慢舞凝丝竹⑭，尽日君王看不足。
渔阳鼙鼓⑮动地来，惊破霓裳羽衣曲⑯。
九重城阙烟尘生⑰，千乘万骑西南行⑱。
翠华⑲摇摇行复止，西出都门百余里。
六军⑳不发无奈何，宛转蛾眉马前死。
花钿㉑委地无人收，翠翘金雀玉搔头㉒。

君王掩面救不得，回看血泪相和流。
黄埃散漫风萧索，云栈萦纡登剑阁[23]。
峨嵋山下少人行，旌旗无光日色薄。
蜀江水碧蜀山青，圣主朝朝暮暮情。
行宫[24]见月伤心色，夜雨闻铃肠断声。
天旋地转回龙驭，到此踌躇不能去。
马嵬坡[25]下泥土中，不见玉颜空死处。
君臣相顾尽沾衣，东望都门信马归。
归来池苑皆依旧，太液[26]芙蓉未央[27]柳。
芙蓉如面柳如眉，对此如何不泪垂。
春风桃李花开日，秋雨梧桐叶落时。
西宫南内[28]多秋草，落叶满阶红不扫。
梨园弟子[29]白发新，椒房[30]阿监[31]青娥[32]老。
夕殿萤飞思悄然，孤灯挑尽未成眠。
迟迟钟鼓初长夜，耿耿[33]星河[34]欲曙天。
鸳鸯瓦[35]冷霜华重，翡翠衾[36]寒谁与共。
悠悠生死别经年，魂魄不曾来入梦。
临邛[37]道士鸿都[38]客，能以精诚致魂魄[39]。
为感君王展转思，遂教方士[40]殷勤觅。
排空驭气奔如电，升天入地求之遍。
上穷碧落[41]下黄泉[42]，两处茫茫皆不见。
忽闻海上有仙山，山在虚无缥缈间。
楼阁玲珑五云[43]起，其中绰约[44]多仙子。
中有一人字太真[45]，雪肤花貌参差是[46]。
金阙西厢叩玉扃[47]，转教小玉[48]报双成。
闻道汉家天子使，九华帐里梦魂惊。
揽衣推枕起徘徊，珠箔银屏迤逦开。

云髻半偏新睡觉，花冠不整下堂来。
风吹仙袂飘飖举，犹似霓裳羽衣舞。
玉容寂寞泪阑干㊾，梨花一枝春带雨。
含情凝睇㊿谢君王，一别音容两渺茫。
昭阳殿[51]里恩爱绝，蓬莱宫[52]中日月长。
回头下望人寰处，不见长安见尘雾。
唯将旧物表深情，钿合金钗寄将去。
钗留一股合一扇，钗擘黄金合分钿。
但教心似金钿坚，天上人间会相见。
临别殷勤[53]重寄词，词中有誓两心知。
七月七日长生殿[54]，夜半无人私语时。
在天愿作比翼鸟[55]，在地愿为连理枝[56]。
天长地久有时尽，此恨绵绵无绝期。

【注释】

①汉皇：指唐玄宗。
②倾国：这里指美人。李延年歌曰：“北方有佳人，绝世而独立。一顾倾人城，再顾倾人国。”
③御宇：统治天下。
④杨家有女：指杨贵妃（719—756），小字玉环。
⑤六宫：泛指妃嫔居处。粉黛：代指美女。
⑥华清池：华清宫温泉，在陕西临潼。
⑦凝脂：喻指白嫩光滑的肌肤。
⑧云鬟：形容女子鬟发浓密。
⑨金步摇：钗的一种，上有垂珠，行则摇动。
⑩早朝：早晨上朝处理朝政。
⑪金屋：用汉武帝“金屋藏娇”典，指杨贵妃所居之处。
⑫姊妹弟兄皆列土：杨贵妃受宠后，其姊妹三人皆封国夫人，宗兄分封侍御史、右丞相等。

⑬骊宫：指骊山华清宫。
⑭丝竹：弦乐和管乐的合称。
⑮渔阳鼙鼓：指安禄山在渔阳（今河北蓟县一带）起兵叛乱。鼙（pí）鼓：中国古代军队中用的小鼓，汉以后亦名骑鼓。
⑯霓裳羽衣曲：舞曲名。
⑰九重城阙：指京城长安。烟尘：战火。
⑱千乘万骑西南行：指唐玄宗仓皇入蜀避难。
⑲翠华：指皇帝仪仗中用翠鸟羽毛装饰的旗帜。
⑳六军：指皇帝的护卫部队。
㉑花钿：金玉等制的花形首饰。
㉒翠翘：形似翠鸟的首饰。金雀：钗名。玉搔头：玉簪。
㉓云栈：高入云霄的栈道。萦纡：弯曲盘旋。剑阁：在今四川剑阁县东北大、小剑山之间。
㉔行宫：皇帝出行时的住所。
㉕马嵬坡：在今陕西省兴平县西，杨贵妃缢死于此处。
㉖太液：池名，在长安大明宫北。
㉗芙蓉：荷花。未央：宫名，泛指唐宫苑。
㉘西宫：太极宫。南内：兴庆宫。
㉙梨园弟子：由唐玄宗执教的宫内习艺者。
㉚椒房：专指后妃所居宫室。
㉛阿监：后妃宫中的女官。
㉜青娥：青春美貌。
㉝耿耿：明亮的样子。
㉞星河：指银河。
㉟鸳鸯瓦：屋瓦一俯一仰扣合在一起。
㊱翡翠衾：绣有翡翠鸟的被子。
㊲临邛：今四川邛崃县。
㊳鸿都：本洛阳宫门名，借指长安。
㊴致魂魄：能将杨贵妃的魂魄招来。
㊵方士：好讲神仙方术的人。
㊶碧落：道家称天空为碧落。
㊷黄泉：指地下。
㊸五云：五色祥云。
㊹绰约：姿态优美动人。
㊺太真：杨贵妃为女道士时的号。
㊻参差是：看起来差不多。

㊼扃（jiōng）：门户。
㊽小玉：系传说中西王母的侍女，此处借指随侍杨贵妃的仙女。
㊾阑干：眼泪纵横的样子。
㊿凝睇：定睛凝视。
51昭阳殿：借指杨贵妃生前所居处。
52蓬莱宫：泛指仙宫。
53殷勤：反复多次。
54长生殿：宫殿名，在华清宫内。
55比翼鸟：又名鹣鹣鸟，相传雌雄比翼而飞。
56连理枝：不同根的树木枝条连在一起。

**【鉴赏】**

《长恨歌》是白居易诗作中脍炙人口的名篇，叙述的是唐玄宗与杨贵妃的爱情悲剧，讽刺玄宗耽迷声色不悟，终致祸乱。其中史实与民间传说杂糅，写实与想象结合，天上与人间照应，作者对历史事件和人物的态度既有讽刺，又有叹惋，因此诗的前半首鉴诫荒淫亡国，后半首爱情悲剧的渲染凄恻动人。《长恨歌》的主题是“长恨”。从内容来看可分为四大段：开头至“尽日君王看不足”是第一段；第二段由“渔阳鼙鼓动地来”至“东望都门信马归”；第三段由“归来池苑皆依旧”至“魂魄不曾来入梦”；第四段由“临邛道士鸿都客”至全诗结束。诗歌开卷第一句“汉皇重色思倾国”中运用一个“重”字、一个“倾”字，就明确了诗歌讽刺之旨，这是全篇的纲领，揭示了故事的悲剧原因。唐玄宗始求绝色而未得，得到之后则宠幸，既而至于溺惑，不再理朝政：“春宵苦短日高起，从此君王不早朝。”玄宗不但宠幸贵妃，而且泽被其亲党：“姊妹弟兄皆列土，可怜光彩生门户。”玄宗不但不早朝，后来竟日夜沉溺于声色：“缓歌慢舞凝丝竹，尽日君王看不足。”终于导致社稷倾覆：“渔阳鼙鼓动地来，惊破霓裳羽衣曲。九重城阙烟尘生，千乘万骑西南行。”诗人通过对宫中生活的描写，揭示了唐玄宗迷色误政正是他与杨贵妃爱情悲剧的根源。《长恨歌》的后半部分是白居易根据民间传说改写而成的李杨爱情传说，其内涵超越了帝王后妃的范围，成为对世间男女生死不渝的真挚爱情的讴歌，对天地阻隔、长恨不已的爱情悲剧的叹惋。诗歌描写了李隆基避难蜀中时对杨玉环的追念，以及他重返长安后睹物思人，伤感不已的心情。而杨玉环则在天上眷念李隆基，过着以泪洗面的日子。这一部分是两人真挚爱情对当初声色之情的超越和升华。诗人着意渲染刻骨铭心的相思和生死不渝的爱情，表达了对“天长地久有时尽，此情绵绵无绝期”的悲剧结局的叹惋，也是对天下有情人未能终成眷属的憾恨。

《长恨歌》采用七言歌行体，运用平仄协调的律句，间用对偶，数句一转韵，音节随情节而曲折，依感情而顿挫，而且多处运用顶针格，使音韵更加和谐嘹亮，婉转动人。同时，诗歌对人物的外貌、服饰、动作、心理的描写运用的是典型的新乐府的创作手法，同时作者还通过气氛渲染、环境描绘以塑造人物形象，抒发了诗人的感情，表达诗歌主题。

**【诗情演绎】**

开元末期，唐玄宗已经做了二十多年的太平皇帝，他把国家大事全交给口蜜腹剑的奸相李林甫，自己则一心追求享乐。当时虽有后宫佳丽上千人，可是他都看不中。于是，他下了一道旨意给总管太监高力士，让他帮助四处搜求绝色佳人。高力士向他推荐了杨玉环。杨玉环是山西芮城人，开元二十三年（735），杨玉环十六岁时，被册封为唐玄宗的儿子寿王李瑁的妃子。由于杨玉环是玄宗的儿媳妇，直接召进宫来有碍面子，玄宗就先让杨玉环当了女道士，两年之后，寿王娶了王妃，唐玄宗便名正言顺地将杨贵妃召进宫来。此时，杨贵妃18岁，唐玄宗已经53岁了。

这一段贵妃进宫的故事，白居易的《长恨歌》并未体现出来，而是直接写玄宗挑杨玉环进宫以及对其倍加宠爱的情况。

杨贵妃进宫之后，唐玄宗高兴极了，曾经对人说："我得到杨贵妃，如获至宝。"还专门制了一个乐曲"得宝子"。他让梳着云鬓像花一样美丽的杨贵妃戴着金步摇，天天从早到晚陪他游乐。因为每天起床太晚，玄宗从此早上再也不坐朝办理政事了。杨贵妃则一年四季、白天晚上陪着皇帝寻欢作乐。玄宗不仅对杨贵妃宠爱无比，杨家能拉上关系的亲戚，通通因此升官发财。杨贵妃有三个姊妹，都长得很美，唐玄宗称她们为姨，并在同一天封大姨为韩国夫人，三姨为虢国夫人，八姨为秦国夫人，每人每月赐十万脂粉费。杨贵妃的远房哥哥杨钊，本是无赖赌徒，因为玄宗与贵妃姊妹赌博时，他在旁边算账算得快，得到玄宗赏识，被赐名杨国忠。杨国忠善于逢迎拍马，深得玄宗信任，因而青云直上，在奸相李林甫死后直接做了宰相。

唐玄宗在骊山建满宫殿亭台与杨氏姊妹游玩，著名的有华清宫、长生殿、朝元阁、斗鸡殿、宜春亭等，每年十月，玄宗都带着杨氏兄弟姊妹五家去避寒。这五家人各有马队，穿五种颜色的衣服，五家队伍走在一起五彩缤纷，队伍经过的路上，金银首饰满地乱扔，极其奢侈浪费。他们在高高的骊山上，奏起美妙的音乐，杨贵妃经常亲自跳霓裳羽衣曲，玄宗从早到晚欣赏都没个够。

唐玄宗天宝十四年（755）十一月，安禄山在范阳起兵叛乱。天宝十五年（756）六月，安禄山的军队打进潼关，直逼长安。玄宗惊惶失措，带着杨贵妃、杨国忠及一班亲信，在禁军的护卫下仓皇西逃。走到离长安一百多里的兴平县马嵬坡时，饥饿疲困的将士非常愤怒，包围了玄宗和贵妃居住的马嵬驿，要求杀掉造成当前局势的奸贼杨国忠。杨国忠被杀后，将士们仍然围着不走，要求处死杨国忠的妹妹杨贵妃，以慰将士。玄宗被逼无奈，只得赐贵妃死。杨贵妃自缢而死，时年38岁。

杨贵妃死后，唐玄宗伤心不已，日夜思念，曾在进川途中因阴雨不停，夜里听到雨中铃声，为悼念贵妃，写了一首乐曲《雨霖铃》。回到长安之后，玄宗因感物是人非，心情孤寂凄凉。又由于已经身为太上皇，玄宗与儿子肃宗矛盾重重，因此玄宗更加思念杨贵妃。据唐代传说，道士杨通幽曾经为玄宗上天入地寻找杨贵妃的魂灵。他通过作法，见到了杨贵妃，贵妃让他带金钗一股钿合一扇给玄宗，因为这都是两人定情时玄宗送给杨玉环的信物。道士说这两样东西在别处也可弄到，希望贵妃能告诉他一件当时没有外人知道的事，使玄宗相信。贵妃想了想说：天宝十载，曾和太上皇一起到骊山华清宫，七月七日牛郎织女相会的晚上，她曾独自在院中陪太上皇，两人谈起牛郎织女的故事，很感动，于是两人秘密发誓：愿生生世世为夫妇。这件事只有玄宗一人知道。

杨贵妃像

李隆基与杨玉环的故事，在唐代已经成为很多诗人创作的题材，后代不少的诗词、戏曲、小说都以此为题材。杨贵妃为一己之恩宠，唐玄宗因一己之欢娱，不理朝政，导致天下大乱，固然值得批判，但是那种将历史责任推到一个皇帝、一个宠妃身上的看法，也是不正确的。杨贵妃在马嵬被杀，实际上充当了唐玄宗的替罪羊，也是值得同情的。

## 离思五首（其四）

元稹

曾经沧海难为水，
除却巫山不是云①。
取次花丛懒回顾，
半缘修道半缘君。

【注释】

①巫山云：出自宋玉的《高唐赋序》，巫山之云乃神女所化，上属于天，下入于渊，茂若苍松，美若姣姬。

元稹像

【鉴赏】

元稹（779—831），字微之，河南洛阳人。家贫苦学。元和元年（806）举制科，对策第一，授左拾遗，迁监察御史。元稹生性激烈，弹劾不法，忤逆权贵，参政意识和功名欲望都很强。他屡屡上书论事，指摘时弊，因此多次遭贬。元和五年（810）被贬江陵士曹参军，后徙道州司马，改虢州长史。这一时期他锋芒锐减，委曲求进，依附宦官崔潭峻等，被当时人轻视。元和十四年（819）召为膳部员外郎，从此陷于党争之中。长庆二年（822）居相位三个月，出为同州刺史，改浙东观察使，有兴水利、减赋役等德政。大和三年（829）为尚书左丞，振举纪纲。四年后出为武昌节度使，53岁时得暴病卒于武昌任上。元稹工诗，与白居易齐名，同为新乐府运动的倡导者，诗称“元白体”。他的诗最有特色的是乐府诗、艳体诗和悼亡诗。

这首悼亡诗以浅显的语言，回忆夫妻之间的恩爱，表达了对亡妻的深切怀念，低回缱绻，一往情深。诗歌的首两句以比兴的手法，比喻诗人夫妻之间深厚的感情。“曾经沧海难为水”一句是从《孟子·尽心》篇“观于海者难为水，游于圣人之门者难为言”化用而来，这里是明喻，以“观于海”比喻“游于圣人之门”。沧海宽广无比，其他各地的水无法与之相比。元稹这里则是暗喻，喻义并不明显。“除却巫山不是云”是说见过巫山的云，别处的云都黯然失色。诗人用沧海之水和巫山之云来暗喻他与妻子之间的感情是世间无与伦比的，除了爱妻之外，再也没有能让他动心的女子了。第三句紧承前两句之意，表明自己对妻子的爱之坚贞。第四句解释“取次花丛懒回顾”的原因，这是因为他一方面是因为修道，另一方面是由于思妻。在这里，修道也是因为思念妻子，借以寄托情感。这首诗前两句豪迈悲歌，后两句婉曲深沉，全篇张弛自如，变化有致，有一种跌宕起伏的旋律美，创造了唐人悼亡绝句的绝胜境界。“曾经沧海难为水，除却巫山不是云”两句是广为传诵的名句。



**【诗情演绎】**

一灯如豆。昏黄的青灯之下，坐着一个中年男子。他的面前，放着一卷佛经。他喃喃地念了一段经，然后呆呆地盯着油灯那跳跃的火苗，陷入了沉思。橘黄色的灯晕之中，似乎出现了他的爱妻那温柔娇俏的面容，向他默默地微笑。他不由得回忆起他们在一起的幸福快乐的日子。

他是元稹，他的妻子叫韦丛。他们结婚的时候他 24 岁，她 20 岁。元稹家境贫寒，结婚的时候官职低微，日子很是拮据，而韦氏则出身名门，家境非常富有。虽然是富贵人家的姑娘，可是韦氏却丝毫没有大小姐的脾气。嫁给元稹之后，他们的生活非常艰苦。家里没有吃的，就只好去挖野菜来充饥，或是采了豆叶子来吃，韦氏也吃得很香甜。一日三餐合作一顿吃的情况是经常有的。没有柴烧，韦氏就把院子里古槐树落下的叶子扫来烧。元稹的朋友很多，有时候朋友来到家里，大家要吃酒，心情愉快的元稹往往忘记家里已无米下锅，高声吩咐妻子去打酒来。而元稹自己在家的时候，也会有酒瘾上来的时候，他会死乞白赖地缠着韦氏，让她给他买酒。韦氏都是毫无怨言地想办法，总是当了自己的首饰衣物满足元稹的要求。

韦氏不仅在生活上无微不至地照顾着元稹，而且她知书达理，元稹在外做官，遇到什么不顺心的事情，她也总是为他排解忧愁，安慰他。如果元稹去了外地，她会经常给他寄书信来，一来向他倾诉相思之苦，二来安抚他在外的辛苦。而自己在家里吃不上饭，饿着肚子的清苦日子她从来不提，如果元稹来信询问，她也轻描淡写地回信说这种日子她已经习惯了，不觉得有什么辛苦。而她心中深深系念的，则是出门远行的元稹，担心他驿路的奔波劳顿，饮食不调，让他注意休息，不要累坏了身子。她这种真挚而质朴的爱，令元稹感动不已。元稹年少气盛，见有不平之事当即就会发作，弹劾那些不法的官员，因而得罪过许多权贵，屡次受到贬谪。在这种情况下，韦氏不断地安慰他，给他关怀与体贴，使得他虽然身处逆境，也不觉得孤苦无援。

可是这样的幸福时光并没有持续多久。他们结婚才七年，韦氏就因病去世了。这对元稹来说是一个巨大的打击。每当他闲下来的时候，每当他看到她的遗物的时候，他都会为她的早逝而悲伤。为了减轻这种悲伤，他把她的衣服都包裹起来了。他不忍把当年她没有做完的针线丢弃，但看到后又感到伤悲，就把它保存起来，总也不忍打开。现在，他的官职已经不低，再也不用过那种贫寒的日子了，可是韦氏已经无法享受了。每当他梦到她后，他都会为她送去冥界用的钱财，让她不致在亡后还过着贫苦的生活。他长期以来都沉浸在思念亡妻的痛苦之中，意志消沉，整天借酒浇愁。好友们看到这种情况都不忍心，拉着他出去喝酒取乐，为他排遣忧愁。他也强颜欢笑，和泪饮酒，没喝多少，他就醉得不省人事了。等他醒来的时候，发现朋友在旁边流泪。他问朋友为什么，朋友告诉他，他在醉得人事不省的时候，错把身边的朋友认作是韦氏，拉着人家的手不放，一声声、一遍遍地呼唤着韦氏的名字，把朋友都感动得哭了。

## 题都城南庄

崔护

去年今日此门中，
人面桃花相映红。
人面不知何处去，
桃花依旧笑春风。

【鉴赏】

崔护，生卒年不详，字殷功，博陵（今河北定县）人，贞元十二年（796）登进士第，官岭南节度使。传诗六首，《题都城南庄》流传最广。

这首诗以“人面”和“桃花”为线索，分别记述了去年和今年游春时的不同际遇。“去年今日”作者遇到了一位美丽可爱的女子，而“今年今日”作者寻访故人，却桃花依旧，美人无处。前两句是追忆，后两句写现实。而“人面不知何处去”的一句询问，体现出诗人对去年那位女子的留恋与怀念。那位女子是出门游玩了，是走亲访友去了，还是已经出嫁了？体现了作者无限的怅惘。全诗自然明快，清丽淳美，令人回味不尽。

【诗情演绎】

清明时节，正是莺飞草长、桃红柳绿的时节。清明这天，艳阳高照，长安城南的马路上，游人如织。一位风流儒雅、气质潇洒的年轻人，也随着郊游的人们来到城外玩赏这醉人的春色。这个年轻人，是从河北来长安应试的举子崔护。由于今年没有被录取，崔护打算留在京城，以待来年再考。春风催绿，令黯淡一冬的大地焕然一新，崔护也想在清明这天出城散散心，让春天盎然的生机拂去心头的阴云，以振作低迷的情绪，重整旗鼓，来年科场再战。那粉红的桃花、洁白的李花，让人目不暇接，醉人的花香让人心神摇荡。不知不觉，已近正午，游兴正浓的崔护觉得有些口渴，就信步来到一个农家小院里，准备讨一口水喝。

这是一个非常幽静的小院，院子里种满了桃树，一枝枝盛开的桃花伸出墙来，似乎在招呼客人。崔护走上前去，轻轻叩响院门。过了一会，一个女子的声音隔着院门询问是谁。崔护告诉她自己的姓名，并说明了来意。门开了，一个年轻的姑娘把崔护迎进院里。姑娘给崔护搬来了椅子，端来了茶水。崔护喝水时，姑娘就站在旁边的桃树

下，一边嗅着花香，一边偷偷地打量着崔护。姑娘十六七岁的样子，她那光洁的面庞映着娇艳的桃花，简直就是一幅美丽的画图。崔护与姑娘闲聊了几句，知道姑娘和父亲相依为命，父亲今天出门去了。崔护喝完了水，起身与姑娘告辞。姑娘低着头，没有多说什么，只是将崔护送到门口，低声与他告别。崔护依依不舍地离开了小院，离开了姑娘，走出好远，他还可以感觉得到院门内那双清澈深情的眼睛。

时光荏苒，转眼已到第二年的清明。又是桃红柳绿的时节，这让崔护想起了去年城南郊游的情境，想起了那位美丽可爱的姑娘。崔护忍不住抛开杂务，动身又去了城南。同样是满眼嫩绿，同样是桃红李白，同样的农家小院里开满娇艳的花朵。崔护按捺住有些激动的心情，来到那熟悉的农家小院门前，却见院门紧锁。他还是忍不住轻轻叩响院门，可是始终无人来应答。崔护等了半天，也不见有人回来，不由惆怅不已。眼看时间不早了，他只好怅然地转身离去，但是心中又非常不甘。他转回身来，在门扉上写道：

去年今日此门中，人面桃花相映红。
人面不知何处去，桃花依旧笑春风。

并在诗下题上自己的名字：博陵崔护。

过了几天，崔护偶然经过城南，他心中念念不忘那个姑娘，不由自主地再一次来到了那农家小院前。这次，院门开着，崔护心中暗暗高兴，却听见院里传来一位老者低低的哭声。崔护心中一惊，急忙敲门。不一会儿，老翁走了出来，崔护想这就是姑娘的父亲了。崔护向老人问过好，询问家中发生了什么事情，老人因何啼哭。老人目不转睛地盯着崔护看了半天，反问道：“你是崔护吗？”崔护回答：“正是。”老人一听，大哭起来，说道：“你可害苦了我的女儿了！”崔护大吃一惊，急忙问是怎么回事。老人擦了擦眼泪，说道：“我的女儿聪明伶俐，自幼学习诗书，长大之后，提亲的人不少，可她总是不满意，一心只想嫁一个读书人，因此至今还没有出嫁。自从去年春天以来，她就有些精神恍惚，常常一个人坐着发呆。前几天，我和她一道出门，回来以后，发现院门上你留的那首诗，她非常激动，一再埋怨不该和我一起出门。当天晚上就不吃不喝，一个人躲在屋里哭。好几天了，她一直不肯吃饭，也不肯起床，已经非常憔悴，再这样下去，只怕她要把自己的小命都给断送了！你说，这不是你的诗给害的吗？我老汉只有这一个女儿，万一她有个三长两短，我可怎么活呀！”说完，老人不由得失声痛哭。崔护也忍不住流下泪来，他恳求老人让他去见见姑娘，老人同意了。崔护走进姑娘的房中，只见姑娘面色苍白，蓬首垢面，已经奄奄一息了。崔护心中非常愧疚，他走上前去，轻轻地扶起姑娘，姑娘原先那桃花般娇艳的脸庞已变得苍白消瘦。崔护心痛地用手抚着姑娘的脸庞，一面轻轻地说道：“我是崔护，崔护来了，你能睁开眼来看我一眼吗？”在崔护温柔的抚摸和呼唤下，姑娘竟然睁开了眼睛，望着眼前的人儿，姑娘难以相信这一切是真的。她伸手轻轻触摸崔护的脸庞，才相信自己真的正躺在心爱的人怀中。她的眼中流出了眼泪，眼睛和面庞也重新焕发出了光彩，病似乎也好了许多。崔护在姑娘家里留了下来，帮着老人照料姑娘。没过几天，姑娘的病就痊愈了。在这一段时间里，崔护和姑娘朝夕相处，两情相悦。姑娘的父亲也发现，崔护不仅有才华，而且有情有义，就把女儿嫁给了他。

## 游子吟

孟郊

慈母手中线，游子身上衣。
临行密密缝，意恐迟迟归。
谁言寸草心①，报得三春晖②。

【注释】

①寸草心：小草的心，比喻游子的心。
②三春晖：形容母爱如春天和煦的阳光。三春：指孟春、仲春、季春。晖：阳光。

【鉴赏】

孟郊（751—814），字东野，湖州武康（今浙江德清）人。少贫，隐居嵩山，曾周游湖北、湖南、广西等地，屡试不第。贞元十四年（798），孟郊年近五十岁才中进士。贞元十七年（801）任溧阳尉，因不事曹务，吟诗为乐，被罚半俸。韩愈极重之，二人交谊颇深。孟郊一生生活贫困，仕途潦倒，故其诗多啼饥号寒，倾诉穷愁失意的不平之鸣。其诗以凄苦、冷涩、奇险为主要风格，好奇矜异，力避圆俗，追求瘦硬。与贾岛齐名，有“郊寒岛瘦”之称。

孟郊一生穷困潦倒，性格耿介，因此诗风苦寒。但是他的这首《游子吟》却开朗温馨，淳朴清新，与他的其他诗歌大不相同。诗歌充满深情地歌颂了普通而伟大的母爱，引起无数游子的共鸣，千百年来一直脍炙人口。诗的前两句描绘了两样物件，一是慈母手中缝衣之线，一是游子身上之衣。慈母手中之线缝就游子身上之衣，游子身上之衣乃慈母手中之线所缝就，两者关系密不可分。这两句诗确切地说只是两个偏正词组，中心词是“线”与“衣”。同时，这两个词又勾画出一幅动人的画面，年迈的老母亲用辛苦劳作的双手为孩子缝制衣衫。接下来的四句分别刻画出慈母与游子的心理活动。“临行密密缝，意恐迟迟归”两句，把慈母的一片深笃之情用最细微的动作和最简单的想法表现出来，朴素自然，亲切感人。“谁言寸草心，报得三春晖”两句，则从游子的角度写出了赤子对慈母的炽烈情意，真可谓母慈子孝，感人至深。“三春”是指孟春、仲春、季春，两句意思是说母亲那如春天阳光般温暖的母爱，如小草一般的儿女怎能报答其万一呢。

孟郊一生潦倒失意，饱尝人间世态炎凉，有这样一位慈爱的母亲，自然更觉母爱之珍贵。而对于千千万万的读者来说，母亲对他们不求回报的爱都是相同的。这首诗以人间最普通的场景表现出最伟大的母爱，把个人的、平常的母子之情升华为人类共同的情感，寓意深刻，情真意切，因此才会历久不衰。

**【诗情演绎】**

在中进士五年之后，年逾五十的孟郊才谋得了一个溧阳县尉的职务。对于他自己来说，这样一个微不足道的官职他是不放在心上的。饥寒困苦他早已习惯了，也不指望在暮年能够飞黄腾达。可是，老母亲年事已高，自己却没有能力为她老人家创造舒适安逸的生活，真是不孝，因此他心中一直觉得对不起老母亲，感到非常惭愧。现在，终于有了一个官职，老母亲应该为儿子高兴吧，而自己也可以让母亲过上比以前好一点的生活了。因此，刚刚到任，孟郊就寄书信给老母亲，让族人把她送到溧阳来。

这天一大早，孟郊就早早起身，来到溧水边上，等待母亲的到来。悠悠溧水缓缓向前流动，孟郊站在河边上，心中想念着自己慈爱的母亲。从小到大，家境贫寒，母亲为抚养他成人不知付出了多少辛劳和汗水。长大之后，他屡试不中，家里依然贫困不堪，老母亲也从不抱怨。他喜欢结交朋友，母亲总是在他事先没有打招呼就带朋友回家时想尽办法为他们弄来酒菜；他喜欢四处漫游，放情于山水，母亲总是为他准备好行囊，让他放心出行。因为在母亲心目中，儿子虽然一时潦倒，但却耿直刚正，是她的好儿子。

孟郊与母亲已经很长时间没有见面了，他的心中非常思念母亲。他不禁想起最后一次离家出游，告别母亲的那天晚上。晚饭之后，母亲坐在灯下，为他缝制出行的衣裳。昏黄的灯光下，母亲手拿对她来说已经太过细小的银针，一针一针地做活。她的双手已经干枯如树枝，指节已经变形，可依然飞针走线，灵巧如初。她的双眼已经昏花，不得不把衣料拿得远远的，才能看清针脚。尽管如此，她还是把针脚缝得密密的，因为她不知道儿子这一次出门，要多久才能再回来。她用密密实实的针脚缝制出结实耐穿的衣裳，好让出门的儿子多穿些日子，因为一个大男人出门在外，万一衣衫破烂，谁会为他缝补破衣呢？夜深了，一件饱含慈母深情的衣裳终于做成了，母亲拿起来，仔细打量，然后才满意地笑了。孟郊心里充满了温暖的感觉。是的，身上穿着母亲一针一线缝的衣服，从离家的那一刻起，他就觉得她是把母亲对他的深厚情意穿在了身上，时时可以感受到春日般温暖的母爱。

远远的溧水上，一只小船儿缓缓驶来。该是母亲乘坐的船只吧，孟郊急切地盼望着载着他慈祥母亲的小船早些靠岸……

# 牙琴须遇知音解

## 白雪歌送武判官归京

岑参

北风卷地白草①折，胡天②八月即飞雪。
忽如一夜春风来，千树万树梨花开。
散入珠帘湿罗幕，狐裘③不暖锦衾④薄。
将军角弓⑤不得控⑥，都护⑦铁衣冷难着⑧。
瀚海⑨阑干⑩百丈冰，愁云惨淡⑪万里凝。
中军⑫置酒饮归客，胡琴琵琶与羌笛。
纷纷暮雪下辕门⑬，风掣红旗冻不翻。
轮台东门送君去，去时雪满天山⑭路。
山回路转不见君，雪上空留马行处。

**【注释】**

①白草：西域牧草名，秋天变白色。
②胡天：指西域的气候。
③裘：袍子。
④衾：被子。
⑤角弓：用兽角装饰的弓。
⑥控：引，拉。
⑦都护：唐时在边疆设都护府，其长官称都护。
⑧着：穿。
⑨瀚海：大沙漠。

《梨花图》钱选（元）

⑩阑干：纵横的样子。
⑪惨淡：昏暗。
⑫中军：本指主帅亲率的军队，这里指主帅的营帐。
⑬辕门：古代军营前以两车之辕相向交接，成一半圆形门，叫辕门。
⑭天山：在今新疆境内。

**【鉴赏】**

岑参（715？—770），祖籍南阳（今属河南），迁居荆州江陵（今属湖北），曾祖、伯祖、伯父均位至宰相。岑参早年丧父，家道中落。自幼好学，博览经史。天宝三载（744）进士及第，授右内率府兵曹参军。曾随高仙芝到安西、武威，后又往来于北庭、轮台间。十余载鞍马烽尘的征戎生活，为他创作边塞诗奠定了坚实而丰富的生活基础。他曾为嘉州刺史，故有“岑嘉州”之称。后罢官，卒于成都旅舍。岑参长于七言歌行，为盛唐著名的边塞诗人。其诗善于描绘塞上风光和战争景象，气势豪迈，情辞慷慨，雄健奔放，想象奇特，色彩瑰丽，与高适齐名，并称“高岑”。

这是一首咏边地雪景，寄寓送别之情的诗作。诗歌以歌行体的形式，赋物抒情。开篇先写野外雪景，描绘出一个南方人初到北方看到壮丽雪景时的惊奇心情。“忽如一夜春风来，千树万树梨花开”二句，以春花喻冬雪，不仅写出胡天的变幻无常，又写出了诗人又惊又喜的心情，也写出了边塞冬雪的壮美意境。接着从军帐外写到军帐内，通过人们的感受，写出天之奇寒。接着场景再次移到帐外，“瀚海阑干百丈冰，愁云惨淡万里凝”二句，以夸张的笔墨，气势磅礴地勾画出壮丽的边塞雪景，安排了送别的特定环境，也隐约写出离别之意。接着再一次回到帐内，写中军置酒饯别的情景，“胡琴琵琶与羌笛”写出了边塞生活的特点。最后写送客至军门，时已黄昏，大雪封山，峰回路转，行人消失在冰天雪地之中。而诗人仍伫立雪中，依依不舍。诗人就像一个天才的摄影师，不断变幻着帐内帐外的场景，以野外大雪衬托离别愁绪，以帐内之寒冷衬托边塞之奇雪，镜头自如切换，给人以应接不暇的感觉。杜甫说：“岑参兄弟皆好奇。”这首诗突出表现了岑参诗歌尚奇的特点。“忽如一夜春风来，千树万树梨花开”以新奇的比喻，传神地描绘出边地雪貌；“将军角弓不得控，都护铁衣冷难着”以奇特的感受，写边地之奇寒；“风掣红旗冻不翻”写红旗在风雪中被冻结的奇异景象。诗中处处奇笔，奇趣横生。诗人以敏锐的洞察力和细腻的艺术感受力捕捉到边塞奇观，以矫健的笔力，再现了边塞瑰丽奇异的自然风光，同时也表达了雪地送人的真挚情谊。诗歌内涵丰富，意境鲜明独特，具有极强的艺术感染力。这首诗另外一个特点是充分利用歌行体换韵的特点，在换韵的同时转换场景，一两句或三四句描绘一个画面，画面不断更迭，音、画、情配合非常和谐，被称为“有声画”。

**【诗情演绎】**

虽然已经是第二次来到塞外边地，岑参还是对这里奇特的天气情况惊奇不已。现在还是八月，前些天他从长安出发的时候，那里还是赤日炎炎，人们单衣薄衫尚觉酷热，恨不得赤膊露体。可是这里的八月，早已刮起了寒冷的北风，呼啸的寒风把那茎枝坚韧的白草都刮折了。晚上，他睡在军帐之中，耳听得北风彻夜不停，飞沙走石、断草枯枝不断地敲打在帐篷上，让人无法入睡。直到凌晨，他才勉强成眠。等他醒来时，天色已经大亮了。

岑参穿上厚厚的狐裘，打开帐门，门外的景象立即让他惊呆了。他难以置信地揉揉双眼，是他看错了吗？浩瀚的沙原上，那光秃秃的胡杨树不见了，取而代之的是一棵棵开满了洁白的花朵的梨树。难道是昨夜刮了一夜春风，把那满树的花儿都吹开了吗？岑参真是又惊又喜，半天，他才回过神来，原来，就在昨天夜里，下了一场极大的雪，现在，大地一片银妆素裹，那一棵棵大树上，都压上厚厚一层积雪。这样的大雪，他从来没有见过！

那雪还在纷纷扬扬地下着，鹅毛般的雪片，不时地穿过珠帘，扑进帐内，把厚厚的罗幕都打湿了。一阵冷风夹着大团的雪花迎面吹来，把岑参吹得打了一个寒战，他只觉得身上的狐裘一下子被吹透了，身上是彻骨的寒冷。岑参正体会着这新鲜而刺激的奇冷，与他同住的将军刚从外面视察回来，现在，他想照往常一样拉拉他的角弓，锻炼锻炼臂力。可是，那角弓由于天气奇冷已经被冻得极硬，无论这位“一身能擘五雕弧”的巨力将军怎么用力，也拉不开了。他无奈地摇摇头，放下角弓，弯腰去拿他的铁衣。在平时，他就是晚上睡觉也不脱他的铁衣的，“将军金甲夜不脱”嘛，由于昨夜奇冷，他才把它脱了。现在，他想把铁衣重新穿上。可是，当他拿起铁甲时，那铁甲上的寒冷立刻透过指尖传向他的全身，使他无法穿上身去，那将军不由得咒骂起这鬼天气。岑参这回算是领教了边塞大雪的厉害，看着平时那威武不凡的将军的狼狈相，他觉得非常有趣。

又过了一会儿，岑参走出帐外。今天，是他的前任武判官要归京的日子，他们约好要为他饯行。他极目远望，只见浩瀚的沙海如今已经变成了冰海，到处冰天雪地。头顶上冬云压雪，看来天气不会在短期内好转。在这么恶劣的天气里长途跋涉，那将是多么艰辛啊。岑参只觉得天地之间愁云惨淡。

岑参踏着齐膝深的积雪，一步一挪地来到了中军帐。为了给武判官饯行，他们在这里设下酒宴。岑参很快融入人群中，他拉着武判官，喝酒高歌。那边塞独有的胡琴、琵琶和羌笛，奏起了急促的乐曲，把离别的愁绪渲染得更加浓烈。这些边地之乐，让他们不由得想起了家乡的乐器乐曲，也让他们的送别宴别有一番滋味。

天气恶劣，他们没有多耽误，就送武判官启程了。这时已经是黄昏了，大雪又纷纷扬扬地下了起来，还刮起了猛烈的大风。可是那往常在辕门上“扑啦啦”飘扬的红旗却在狂风中一动也不动。原来，它已经被冰雪冻结了。把武判官送到轮台东门，他们就要在这里分手了。大雪封山，这路可怎么走啊！他们挥手告别，武判官的身影很快就消失在风雪之中，而留下的，只有雪上那些马蹄的印迹。岑参久久地立在风雪之中，他是在为武判官这艰辛的旅途担心，还是在为自己未卜的未来而惆怅？

## 望洞庭湖赠张丞相

孟浩然

八月湖水平，涵虚①混太清②。
气蒸云梦泽③，波撼岳阳城。
欲济④无舟楫，端居⑤耻⑥圣明⑦。
坐观垂钓者，徒⑧有羡鱼情⑨。

**【注释】**

①涵虚：水汽弥漫。
②太清：天空。
③云梦泽：古时云梦泽指湖北南部、湖南北部一带低洼的地区。
④济：渡。
⑤端居：安居。
⑥耻：有愧于。
⑦圣明：国君英明。
⑧徒：空。
⑨羡鱼情：这里喻指想出仕的愿望。

孟浩然像

**【鉴赏】**

孟浩然（689—740），名浩，字浩然，襄阳（今湖北襄樊）人。

少尚节义，隐居于家乡的鹿门山，闭门读书，以诗自娱。喜振人于患难之中。年逾四十游历京都长安，应进士试，不第。又后随韩朝宗进京，因朋友宴聚，未能践约，荐举不果。曾游历东南各地，后入张九龄荆州幕。与李白、王维、王昌龄等均有交往。孟浩然一生以漫游隐逸为主，他的诗多写山林野趣和怀才不遇的苦闷，尤以五言见长。由于生活面窄，诗中所反映的社会现实不多，但其艺术造诣较高，风格清淡，写景诗有不少刻画入微的名句。孟浩然开创了盛唐山水田园诗派，与王维同为代表，其诗与王维齐名，称为“王孟”。

这首诗的前半部分泛写洞庭湖浩瀚无际、波澜壮阔。八月的洞庭湖水面平静，远远望去，水面上升腾起来的水汽浩渺无边，与天空连接在一起。这两句把洞庭湖写得阔大雄浑，有容纳天地万物之气势。三、四句是说洞庭湖里的水汽滋润着旁边的云梦二泽；它那汹涌的波涛似乎把旁边的岳阳城都撼动了。这两句分别从水平和立体两个角度描写洞庭湖的广阔无边，被称为描写洞庭湖的名句。后半部分即景生情，抒发个人进身无路、闲居无聊、渴望用世的心情。“欲济无舟楫”，从表面意思来看，是说诗人站在阔大的洞庭湖边上，想要渡过对岸，却没有船只，实际是说诗人自己渴望用世，但是却没有进身之途。由欲渡湖去象征入世之心，自然贴切。“端居耻圣明”是说在当今的太平盛世，自己是耻于无聊地闲居，希望能出来做一番事业。这两句含蓄地表达了自己用世的意愿。“坐观垂钓者，空有羡鱼情”两句像前两句一样，从站在湖边，见人垂钓这一实际情景出发，表达了希望对方提携自己的愿望。“垂钓者”是指当朝执政的人物，在这里实指宰相张九龄。“羡鱼情”以鱼自喻，表达了追随张九龄左右的意愿和自己希望能得到“垂钓者”的赏识，被对方提拔任用的意愿。这两句诗巧妙地化用了《淮南子·说林训》“临渊羡鱼，不如退而结网”之意，另翻新意，别出心裁。这首干谒诗写得委婉含蓄，同时又尽显自己的才华；对所求之人称颂得体，又不卑不亢。孟浩然是盛唐诗人中终生不仕的一位作家，但是他并非无意仕进。与盛唐其他诗人一样，他怀有济时用世的强烈愿望。这首诗把他希望通过张九龄援引而一登仕途的心情表现得很迫切，有一种不甘寂寞的豪逸之气，诗歌境界宏阔，气势壮大，具有非同凡响的盛唐之音。

**【诗情演绎】**

这一年，在家乡已隐居多年的孟浩然来到了长安，准备参加进士考试。与当时许多人一样，来到长安之后，孟浩然四处干谒达官显贵，四处活动，在一些著名诗人官吏面前显示自己的才能，希望他们能在考官面前给予荐举。他结交了王维、张九龄等人，并开始在京城遍交诗坛名人。来到长安的第二年，孟浩然曾在全国最高学府太学内赋诗，以一联“微云淡河汉，疏雨滴梧桐”博得所有在座之人的赞叹与敬佩，没有人敢与他较量诗才，名动京师。他写了这首诗《望洞庭湖赠张丞相》给宰相张九龄，希望能得到张的援引，但由于特殊的原因，张九龄无法举荐他，结果他在那年的进士考试中不幸落第。

孟浩然禀性孤高狷洁，虽然他有强烈的济时用世的愿望，但是却又不愿折腰屈从当时的权贵，因此在求仕无门、应举落第之后，他写下了一些自视清高、愿意回归山水、不愿同流合污的诗篇。这些诗篇为他赢得巨大的声誉，但同时也彻底断绝了他出仕的前途。这是为什么呢？

孟浩然与当时已为朝廷官员的王维关系非常好。有一天，闲来无事的孟浩然来到王维办公的官衙里看望王维，正在这个时候，唐玄宗突然驾临视察工作，孟浩然来不及躲避，只好藏到王维休息的床下。王维不敢向玄宗隐瞒，就老实说了。玄宗听说著名的才子孟浩然在此，非常高兴，说道：“我早就听说过此人的诗名，没有机会召见他。既然今日在此，何必要藏起来呢，赶快出来吧。”孟浩然见过皇帝之后，皇帝问他：“你今天带诗来了吗？”孟浩然就把刚刚写成的一首自以为非常得意的《岁暮归南山》念给玄宗听，这首诗是这样的：

北阙休上书，南山归敝庐。不才明主弃，多病故人疏。
白发催年老，青阳逼岁除。永怀愁不寐，松月夜窗虚。

“北阙”指皇宫，这里代指朝廷。这首诗的意思是说自己已不再向皇帝上书提出自己的意见与建议了，而愿意回到终南山隐居。自己没有什么才能，当今英明的皇帝也不会赏识。自己身体多病，与亲友也渐渐疏远了。头上的白发一天天催人老去，想到自己岁月虚度，一事无成，真是令人忧愁难眠。

这首诗心灰意冷，意志消沉，尤其是“不才明主弃”一句，更是自暴自弃。而一向听惯了奉承话的唐玄宗，听到这一句的时候，心中非常不悦，说道：“是你自己这么多年不主动求官，我并没有抛弃你，你为什么要在诗中如此诬赖我呢。既然如此，那你回你的终南山好了。”就这样，孟浩然献了一首不合时宜的诗，被玄宗皇帝一句话，放还南山了。

有人说，当时孟浩然太糊涂，在皇帝面前怎么能吟出“不才明主弃”这样的诗句呢，这也难怪玄宗不高兴。如果他念的是《望洞庭湖赠张丞相》，他那种积极用世的心情肯定会受到皇帝的赞许，说不定他的命运由此改变呢。

经过这次政治上的挫折之后，孟浩然离开了长安，果然回终南山隐居去了。后来，他遇到朝廷的官员采访使韩朝宗，韩对他非常欣赏，也为他有满腹才华而隐居深山非常惋惜，因此打算带他到长安，向朝廷推荐他。可是，在启程的前夕，有一个老朋友来找孟浩然，孟浩然非常高兴，就陪着这位朋友喝酒谈心，似乎把随韩朝宗去长安的事情忘了。有人在旁边催他道：“你不是和韩朝宗约好出发去长安吗？他马上就要出发了，你还不赶快去找他。”孟浩然手里举着酒杯，说道：“已经开始喝酒了，不管这些。”于是他一直陪朋友喝酒，始终未去找韩。韩朝宗等了他好长时间，见他不来，非常生气，就一个人走了。孟浩然就这样又错过了一次很好的当官的机会。但是他对此并不后悔。

对于孟浩然这种不祈求功名富贵，放情山水的做法，李白非常欣赏。他曾写过一首赞美孟浩然的诗：

吾爱孟夫子，风流天下闻。红颜弃轩冕，白首卧松云。
醉月频中圣，迷花不事君。高山安可仰，徒此揖清芬。

这首诗赞美孟浩然德才闻名天下，却在年轻的时候就放弃功名富贵，和松云做伴，留恋醉酒花月之下的生活。这大概是因为孟浩然这种潇洒淡泊、诗酒风流的性格与李白有几分相似，李白才会如此欣赏他吧。

## 闺意献张水部

朱庆余

洞房昨夜停①红烛，
待晓堂前拜舅姑②。
妆罢低声问夫婿，
画眉深浅入时无③？

**【注释】**

①停：安置、摆放。
②舅姑：公婆。
③入时无：时髦不时髦。

**【鉴赏】**

朱庆余，名可久，以字行，生卒年不详，越州（今浙江绍兴）人。一作闽中（今福建）人。宝历二年（826）进士，官秘书省校书郎。其诗辞藻清新，描写细致，早年曾得张籍奖掖，诗名广传。诗擅五律、七绝。

朱庆余像

以男女爱情关系或夫妻关系比喻君臣、师生等其他社会关系，是我国古典诗歌自屈原的《离骚》开始并一直保留下来的文学传统。正如这首诗的诗题所标明的，这就是一首以夫妻关系比喻师生关系的诗。这首诗描写闺意合情合理，刻画入微。首句“洞房昨夜停红烛”点明昨天刚刚洞房花烛。按照我国古代风俗，结婚第二天清早新妇要拜见公婆，因此次句写“待晓堂前拜舅姑”，在我国古代“舅姑”即指公婆。由于这是第一次正式拜见，因此显得格外重要。如果这一次得到公婆的喜爱，以后她的处境就会非常顺当，否则，第一次见面就没给公婆留下好印象，那以后她在丈夫家的日子就会非常难过。为此，她一大早就起了床，仔仔细细、认认真真地装扮自己。精心梳妆完毕之后，她还对自己不太自信，“妆罢低声问夫婿，画眉深浅入时无？”她低声地征求丈夫的意见：自己的打扮是不是很时髦呢？“低声”二字把她略带羞涩和胆怯的心态把握、描摹得非常准确到位，生动地描绘出一个新嫁娘的娇羞形象。这首诗仅写闺意已经非常富有情趣，优美动人。如果不知道这首诗的写作背景，读者大都会以为这是一首描写新婚夫妇闺房乐趣的诗。而作为一首干谒诗，它把有求于人的士子心态也准确地表达出来了。进士考试对于应试士子来说，是关系到一生政治前途的大事，这犹如关系女子一生幸福的婚姻大事。如果考取，前途就不可限量，否则就可能失意一生。诗歌以新婚女子见公婆时的不安与期待比喻士子应试前的心情，可谓一箭双雕。如此精心设喻，令人惊叹。

**【诗情演绎】**

朱庆余的这首诗引出了一段诗坛佳话。朱庆余是张籍的门生，诗写得清新秀丽，诗心细密，很得张籍的喜爱。尽管如此，在即将考试之前，朱庆余仍然很不自信，于是他就写了这首诗，把自己比喻成新嫁娘，把张籍比喻为新郎，把主考官比喻成公婆，其寓意是说：最近即将参加进士考试了，考试之后，试卷将要由主考官来评

《妆靓仕女图》苏汉臣（宋）

阅了。自己虽然精心准备，也很有信心考得好，可还是要向您请教，不知道自己写的诗文是不是符合主考官的口味。

张籍读过这首诗后，立即写了一首七绝《酬朱庆余》，作为自己的回答：

越女新妆出镜心，自知明艳更沉吟。
齐纨未是人间贵，一曲菱歌敌万金。

由于朱庆余的诗是用比体写成的，因此张籍的酬答诗也用比体写成。又因为朱庆余是越州人，这首诗就将才华横溢的朱庆余比作美丽的越地美女：你像刚装扮好的越地美女一样出现在镜湖的湖心（镜湖在绍兴县南，以湖水澄清如镜而得名。“镜心”一词也有人解释为镜子中心，意思是对镜自照），虽然知道自己已经非常明艳美丽，可还是犹豫不决。“齐纨”指山东所产的细绢，以质地优良著称。这一句的意思是说，即使是那穿着齐纨的浓妆女子也并不值得看重，因为越女她一曲菱歌千金难换啊。最后一句以菱歌比喻朱庆余的诗文。

张籍答朱庆余的诗，同样设譬精当，取意巧妙，可谓珠联璧合。之后，张籍向朱庆余要来他的新旧诗文二十余篇，只要有机会就向人们推荐赞扬，由于当时张籍的诗名很大，人们都很重视他的意见，纷纷传抄吟诵朱庆余的诗，于是朱庆余更是诗名远播。后来，在唐敬宗宝历二年（826），朱庆余果然考中了进士。

## 送杜少府之任蜀州

王勃

城阙①辅②三秦③，风烟望五津④。
与君离别意，同是宦游⑤人。
海内⑥存知己，天涯若比邻⑦。
无为在歧路，儿女共沾巾。

**【注释】**

①城阙：指唐代的都城长安。
②辅：护卫。
③三秦：指陕西关中一带。
④五津：四川境内长江的五个渡口。
⑤宦游：在外做官。
⑥海内：四海之内。
⑦比邻：近邻。

**【鉴赏】**

这首五律的首联是极其精整的地名对，对仗十分严整，气势也非常雄阔。“城阙”是指唐朝的都城长安，“五津”是指四川岷江的五大渡口，这两句点明了送别的地点和朋友所要赴任的地点。“与君离别意，同是宦游人”，直写惜别之情，却欲说还休，以自己同样背井离乡的处境安慰即将赴任的朋友。颈联却从眼前拓开去，境界从狭小转为阔大，情绪从凄恻转为豪迈，表现出作者高尚的志趣和宽阔的胸怀。尾联紧承颈联，转而劝慰朋友不要像小儿女一样在分别的岔道口哭哭啼啼。全诗虽短小精悍，意绪却腾挪顿挫，章法甚妙。

**【诗情演绎】**

一个阴霾的清晨，长安城南宽阔的官道上，远远走来几个人。他们来到十里长亭，停了下来，执手相看，其中一个不禁泪眼婆娑。他的朋友紧紧地握住他的手，抬起头来，极目远望。都城就在身后，那高大的城楼巍峨挺立，四周被关中三秦一带的茫茫大野环拥着，似乎在时时保护着雄伟的都城。而眼前，那无边的南方，就是朋友要去的蜀州，放眼望去，虽然视线被那迷蒙的风烟所遮掩，但是完全可以想见前途山险水恶，岷江沿途的五大渡口——白华津、万里津、江首津、涉头津、江南津——似乎是一个又一个过不完的鬼门关。想到这些，他把远望的目光收回来，不由得为朋友的前途暗暗担心，心头惜别之意也更加浓烈。他紧紧地握住朋友的双手，想给他更多的安慰。这是年轻的王勃，来为他的朋友——远赴蜀州上任的杜少府送别。

杜少府感受到了王勃那热烈的情谊，他抬起头来，望着朋友俊朗而坚毅的面庞，心里感到好受了一些。王勃今年还不到二十岁，可是却生来早慧，十几岁时就诗名远播，被誉为神童，现在在沛王李贤府中任修撰。王勃才华既高，自然对那些无能之辈不放在眼里，因此往往为俗人所忌。前不久，他在京城作朝散郎，因为坚持己见，被罢免了，但他很快就从这次打击中振作起来，他的才华受到沛王的赏识，任命他作修撰。而杜少府这次被远派蜀州，也是因为耿直的性格惹怒了权贵，他与王勃性情相似，因此才会惺惺相惜。虽然前途未卜，可是有朋友深厚的友谊，杜少府还是觉得自己心里宽慰了许多。

王勃望着朋友，觉得心头有千言万语想对他说。可是如何来表述这离别的滋味呢？太伤感的话，会把气氛弄得悲悲切切，本来朋友心里就不好受，怎么能再让他这么凄惨地离去呢？他只说了一句：“我们都是客居他乡的宦游之人……”是啊，自己虽然留在京城，可是却也是背井离乡。虽然客居中话别，心情会更加沉重，但是也许这会使朋友好受一些。唉，为什么要这么多愁善感呢？曹植不是有一首诗中说“丈夫志四海，万里犹比邻”吗？何况我们不但是志在四海的大丈夫，而且是心心相印的知己呢！心中有志同道合的朋友，即使在天涯海角，也好像朋友们就在身边一样。王勃爽朗地笑着把自己的想法告诉了朋友。听王勃这么一说，杜少府觉得自己的心胸豁然开朗，眼前的阴霾也似乎消散了许多，他深深地佩服王勃的胸襟与眼界，他那胸纳天地的气概给了自己多少安慰和动力啊。

王勃见朋友紧锁的眉头舒展了许多，愁苦的面容也开朗起来，就紧接着打趣道：“今天我们在这岔路口分别，你可不要像那些小家儿女一样哭哭啼啼，把手帕都给哭湿了啊！”杜少府被王勃风趣的话语给逗乐了，心情变得更加轻松起来了。是啊，自己是一个顶天立地的男子汉，虽然背井离乡，旅途艰辛，前途未卜，但也不能因此就意志消沉，一蹶不振啊。只有像王勃那样，胸怀天地，视畏途如坦途，才是真正的男儿啊！他微笑起来，紧紧地回握王勃的双手，然后毅然放开，大声招呼身旁的书童，转身而去。

王勃目送朋友远去，杜少府那坚定的步伐和挺直的背影让他放下心来。王勃徐徐转过身来，迈着稳健的步伐，向城内走去。

## 寄扬州韩绰判官

杜牧

青山隐隐水迢迢①，
秋尽江南草未凋。
二十四桥②明月夜，
玉人③何处教吹箫④？

**【注释】**

①迢迢：形容路途遥远。
②二十四桥：扬州桥名，具体所指说法不一，有人认为指扬州红药桥。
③玉人：指韩绰，含赞美之意。
④吹箫：传说古代曾有二十四位美人在桥上吹箫。

**【鉴赏】**

这首诗通过对扬州秋季胜景的深情描绘，委婉地探问友人的近况，表达出自己的思念之情。诗首先从大处落墨，描绘出扬州秋季的大背景：青山隐隐，绿水迢迢，虽是秋季，江南仍然一派山清水秀的美丽风景。“隐隐”和“迢迢”两处叠字，也暗示出诗人与友人之间的空间距离，表达了自己的牵挂之情。诗人想象此时江南扬州的秋季景色，也表达出他对江南风景的留恋。扬州有无数美景，诗人印象最深的是二十四桥的迷人景致。诗的后半部分将视野聚集在一点——

二十四桥之上。诗中的“二十四桥”有两种解释，一说唐朝时扬州繁华，城内确实有二十四座桥，宋代沈括的《梦溪笔谈》里还记载了每座桥的名字。后来二十四桥转化为一座桥的专名。还有说法认为二十四桥是扬州熙春台后的吴家砖桥，又名红药桥，传说古代曾有二十四位美人在桥上吹箫，因此得名。“玉人”既可以形容美丽纯洁的女子，也可以比喻风流俊美的男子。诗中的“玉人”当指韩绰。扬州是杜牧年少风流的地方，这位韩绰也是风流倜傥，诗中问他现在又在哪里教那些歌伎吹箫。这两句诗不仅为我们展示了韩绰的风流才貌，也隐约流露出诗人对当年“十年一觉扬州梦，赢得青楼薄幸名”的生活的感喟。这首诗巧妙地把二十四位美人吹箫于桥上的美丽传说与现实生活结合在一起，表现了诗人对江南风光的无限向往。这首诗将对朋友的调笑与幽美清丽的风景融合在一起，虽涉艳情却不流于轻薄，既表现出对江南青山绿水的眷恋，也表现出对处于繁华之乡的友人的怀念。意境优美，蕴涵丰富，为历代读者所喜爱。

**【诗情演绎】**

长安城的秋天冷风飕飕，树叶凋零，一派萧瑟的景象。每天尚未入夜，就家家闭窗，户户关门，即使走在最繁华的街道上，也会觉得冷冷清清，车马稀少。只有少数几家茶楼酒肆还开着，不过客人不多，老板伙计都无精打采。即使是秦楼楚馆、舞台歌榭，也是“门前冷落鞍马稀”。这让初到长安的风流才子杜牧非常不习惯。每天白天办完公务，他都困守在住所，或是慵懒地读会儿诗书，或是跟几个同事聊聊天，或是无限怅惘地四处溜达，日子过得百无聊赖。这一切都让他若有所失。他不由深深地怀念起在江南扬州时的繁华热闹的生活来。

他曾在扬州过了十年诗酒风流的时光。那时候，他在扬州做幕僚，本来才华横溢，抱负远大，只可惜潦倒失意，沉沦下僚，过着寄人篱下的生活，无法施展自己的才华，心情烦闷抑郁，于是便总以酒为伴，时常买醉以驱赶心中的烦闷。扬州本是江南最繁华的地方，遍地都是秦楼楚馆，随处可见的都是美女娇娃，他终日出入在这些地方，与那些风尘女子们厮混在一起，过着放浪形骸的浪漫生活。可是这种沉湎酒色的生活表面上繁华热闹，而他内心却仍然十分抑郁。

当时他有一位非常要好的朋友，名叫韩绰，和他一样，也是一位风流才子。两人同在牛僧孺幕中任职，他任书记，韩绰任判官。两个人性情相投，时常一起出去玩耍。那韩绰的风流习性不在杜牧之下，和那些舞女歌伎非常熟悉，他自己也是多才多艺，琴棋书画，无所不通，也时常有些风流浪漫的点子，不但那些风尘女子非常喜欢和他在一起，就连杜牧也很喜欢他。

杜牧印象最深的一次，是在一年的中秋佳节，韩绰早早地就把杜牧约到当时的二十四桥去。那二十四桥是一座由汉白玉砌成的单孔拱桥，飞跨于湖面之上，两端各二十四级台阶，上围二十四根栏柱，栏板皆雕月镂云，处处隐含“二十四”之意。相传古时曾有二十四位美人吹箫于桥上，因而得名。那韩绰突发奇想，想要再现二十四位美人吹箫桥上的情景，就把当时扬州有名的舞女歌伎聚集在桥上，让她们在桥上一齐吹箫演奏，那情景真是壮观。想起当时韩绰潇洒的身影穿行于如云的美女群中，时不时地为她们指导吹箫要义，真是如在仙境一般。

二十四桥（图片提供：微图）

如今，杜牧离开了扬州，到长安来做官，离自己的政治理想接近了一些，可以有更多机会实现自己的抱负，可是，那样诗酒风流的日子还是让人十分留恋的。那浪漫的韩绰如今在哪里呢？是不是他又在月明之夜，在二十四桥上教美人吹箫呢？

一阵秋风吹起片片落叶，在空中飞舞。在那四季如春的南方，是不会有这样萧瑟的秋风的，也不会有这满地的落叶，那里一年四季温暖如春，繁花似锦，草木从来未曾凋零过。杜牧裹紧身上的衣服，心中更加怀念江南，怀念那里的美景，那里的老朋友，以及那些风流浪漫的日子……

## 酬乐天扬州初逢席上见赠

刘禹锡

巴山楚水凄凉地，二十三年弃置身。
怀旧空吟闻笛赋，到乡翻似烂柯人。
沉舟侧畔千帆过，病树前头万木春。
今日听君歌一曲，暂凭杯酒长精神。

**【鉴赏】**

这是一首酬答诗，诗中一方面感激老朋友对自己的劝慰，同时又结合自身的遭遇，想到这些年来去世的朋友，并表达了自己对待个人挫折的态度。诗的前两句简单总结了自己23年来所遭受的政治挫折。刘禹锡自唐顺宗永贞元年（805）被贬为朗州司马，此后一直在朗州、连州、夔州、和州等地任职，一直到唐敬宗宝历二年（826）才被朝廷从和州召回洛阳，共经历了23年的贬谪生涯。夔州古代属巴地，朗州、连州、和州等古属楚地，因此诗人用“巴山楚水”概括自己这么多年来的官宦生涯。诗的三、四句分别用典故表达自己对老朋友的怀念。“怀旧空吟闻笛赋”用了西晋向秀的典故，向秀与嵇康是好朋友，嵇康由于不满司马氏阴谋篡夺曹魏政权，被司马昭所杀。后来向秀路过嵇康在山阳的旧居，听到有人吹笛，向秀想起死去的朋友，写了一篇《思旧赋》。刘禹锡这首诗是说如今即将回到洛阳，当年许多好朋友都已去世，只能徒然地对他们表示悼念。“烂柯人”指晋代人王质。传说他到石室山砍柴，见到两个童子下棋，就在一旁观看。一局终了，放在身边的斧柄已经腐烂，回家一看，以前认识的人一个都找不着了，原来已经过去了百年。这句诗暗示了自己被贬谪时间如此之久，再回去已是物是人非，表达了诗人的怅惘之情。诗的五、六句是历来传诵的名句，诗人自比沉舟、病树，意思是沉舟侧畔，有千帆竞发，病树前头，正万木皆春。这两句诗从白居易赠诗的“举眼风光长寂寞，满朝官职独蹉跎”翻出，白诗为他这么多年来沉迹下僚鸣不平，而刘诗这两句反而劝慰白居易不要为自己的寂寞蹉跎感到忧伤，表现了诗人豁达乐观的襟怀，境界要高出白诗许多，意义也更为深刻。诗的最后两句承接前面振作起来的精神，点明酬答之意，表达了要暂且借酒振奋精神之意，体现了诗人坚韧不拔的精神。这首诗沉郁之中见豪放，是酬答诗中的优秀之作。

**【诗情演绎】**

唐敬宗宝历二年（826）的冬天，被朝廷召回洛阳的刘禹锡在扬州遇到了辞官的白居易，两位老朋友相见，心情亦喜亦悲，他们携手来到酒馆里，准备开怀畅饮，叙一叙多年未见的离情。两人谈起了彼此在过去二十几年间政治上受到的打击，感慨万端。两个人都是一心为朝廷着想，结果却被远谪边地，心中都是十分郁闷。就拿刘禹锡来说，贞元二十一年（805），唐德宗驾崩之后，太子李诵即位，是为唐顺宗，改元永贞元年。顺宗想有所作为，于是任用亲信王伾、王叔文，二王又联络朝中名士柳宗元、刘禹锡、韩泰等，对朝廷中的弊病进行了大刀阔斧的改革。他们免去民间所欠的捐税，停止地方官贿赂皇帝的所谓进奉钱和月进钱，降低官卖食盐的价格，惩办了著名的贪官京兆尹李实等，这些措施当时很得民心。为了彻底推行这些新政策，他们必须把兵权从宦官手中夺回来，但是这次失败了。掌权的宦官联合反对改革的朝臣以及王伾、王叔文的政敌，拥立顺宗的长子李纯为帝，即唐宪宗，迫使唐顺宗退位。宪宗即位后，不分青红皂白，将王伾、王叔文贬逐外地，接着杀了王叔文，并将刘禹锡、柳宗元、韩泰等八人全都贬到边远州郡任闲散小官司马。刘禹锡开始被贬到连州（今广东连县）任刺史，赴任途中又接到诏书再次贬为朗州（今湖南常德）司马。直到十年之后，当朝宰相赏识刘禹锡的才华，决定将他召回长安。可是由于一些人平日忌妒他，就抓住他写的一首诗中有“玄都观里桃千树，尽是刘郎去后栽”中有居功自大之意，在宰相那里说了他的坏话。结果，刘禹锡再一次被外放为播州（今贵州）刺史。播州是当时条件最差的边远州郡，那次同时被外放到柳州（今广西柳州）的柳宗元同情刘禹锡家中还有老母留在长安，就向皇上请求自己愿去播州，让刘禹锡去柳州，于是刘禹锡被改任为连州刺史。后来，刘禹锡又在外调任几个州的刺史后，才被再度召还回京。

回忆这二十多年的经历，白居易不由得为刘禹锡感到愤愤不平。他高声对刘禹锡说：“来来来，你给我把酒斟满，我要为你唱一首诗。”于是，他用筷子敲着盘子，即席吟了一首七律：

为我引杯添酒饮，与君把箸击盘歌。
诗称国手徒为尔，命压人头不奈何。
举眼风光长寂寞，满朝官职独蹉跎。
亦知合被才名折，二十三年折太多。

吟罢，叹息不已。刘禹锡听过之后，情绪也有些低落。是啊，被外放二十三年，有太多的岁月蹉跎，有太多的沧桑变化。人生又能有几个二十三年呢，可是反过来再想一想，尽管自己这么多年来经历了太多的艰难和打击，比起那些已经去世的老友来说，自己还算是幸运的，他不由得想到他的另一位好朋友柳宗元，这是一位和自己共同经历过政治磨难的老朋友。可是早在十四年前，即元和十四年（819）的时候，这位伟大的诗人就病逝于柳州任上。他们真可谓是同甘苦共患难的知音，当年一同改革，一同被贬，后又一同被召回京城，然后再度一同被贬。如今，自己能有机会再次被召回京城，可是柳宗元已经再也没有机会了。这样想来，自己还有什么值得埋怨的呢？他非常感激白居易对自己的理解与劝慰，但他不想太沉溺于自我的得失中顾影自怜。于是他举起一杯酒，振作精神，笑着对白居易说："白兄，让我来和你的诗吧。"于是，他即席吟了这首《酬乐天扬州初逢席上见赠》，他回忆了二十三年来自己在巴山楚水这些荒凉边远的地方度过的贬谪生涯，回忆了那些已经死去的友人，他只能像向秀一样吟着《思旧赋》悼念他们。这一次重回故乡，一定已物是人非，自己也必然像王质那样有恍如隔世的感觉。尽管自己已经老而无用，但是毕竟长江后浪推前浪，一代新人换旧人啊！所以，何必沉溺于过去不能自拔呢。还是让我们尽情饮酒，忘掉烦恼吧！

白居易被刘禹锡的乐观豁达感染了，他也举起酒来，痛饮一大杯。两位老友高吟歌诗，开怀畅饮，直至夜深。

## 和晋陵陆丞早春游望

杜审言

独有宦游①人，偏惊物候②新。
云霞出海曙③，梅柳渡江春④。
淑气⑤催黄鸟，晴光转绿蘋。
忽闻歌古调⑥，归思欲沾襟。

**【注释】**

①宦游：外出做官。
②物候：动植物随季节气候变化而变化的周期现象。
③海曙：海边的晓色。
④渡江春：春色从江南过渡到江北。
⑤淑气：和暖的天气。
⑥古调：指陆丞写的诗，即题目中的《早春游望》。

**【鉴赏】**

杜审言（646？—708），字必简，远祖杜预为京兆杜陵人，后世迁湖北襄阳（今湖北襄樊），其父为巩县令（今河南巩县），故其籍贯为巩县。唐高宗咸亨元年（670）进士。累官隰城尉、洛阳丞，坐事贬吉州司户参军。后历迁著作佐郎、膳部员外郎。因依附张易之、张昌宗，于唐中宗神龙元年（705）与沈佺期、宋之问同时被贬，流配峰州。不久召还，授国子监主簿。年少时与李峤、崔融、苏味道齐名，并称“文章四友”。他的诗歌多抒发羁旅游宦情怀，描写山川景物。杜审言是初唐律诗，尤其是七律、七绝的奠基人之一。其五言律诗格律谨严。他的诗直接影响了杜甫。

杜审言的这首和诗抒发了诗人宦游他乡，面对春光满地却不能归省的伤感之情。诗的前两句先写出自己身在异乡的感慨：只有那些离开家乡在外地宦游的人，才会对他乡物候的变化感到吃惊。首联以对仗开篇，陡然起势，“独”、“偏”二字，让人感到诗人感慨之强烈。颔联、颈联均具体写“惊新”的内容。“云霞出海曙”是说江南的早晨，云霞从海上升起。这句写景看似平常，其实是从与诗人故乡物候不同的角度来写的。江苏临近大海，因此太阳好像是从海上升起，而在诗人的家乡，这种景象是看不到的。“梅柳渡江春”写出了江南春早，渡过江去，春天就已经到来，梅花已经盛开，柳树已经成荫，春意盎然。而不像自己的故乡，从严冬到春天要经过很长的时间。“淑气”是指春天温暖的气候，“淑气催黄鸟”，是说江南这早到的春天催促着黄鹂鸟也很早就啼叫，“晴光”是指春天晴朗的天光，“晴光转绿蘋”是指在春天和暖阳光的照耀下，浮萍也很早就绿了。这中间两联，表面虽然是写江南景象，实际饱含着诗人对中原故乡的深切思念之情。这种与故乡不同的新鲜的物候，虽然让诗人感到悦目，但是并不赏心，它只能勾起诗人更强烈的思乡之情。这种矛盾的心理是与诗人多年以来沉沦下僚，虽然才华出众，但是却只能在江南小县任一微职的这种不遇之伤分不开的。诗的最后两句中的“古调”是对诗题中陆丞所作的《早春游望》诗的赞扬之词，该诗内容我们现在已经不可知，不过可以推想，这首诗的内容让诗人心生感慨，引起了诗人的思归之情。杜审言的这首诗对仗工整，格律严谨，后人推之为初唐五律第一。

**【诗情演绎】**

江南二月，鲜花缤纷，绿叶飘飘，春意盎然。一个春光明媚的清晨，杜审言和他的朋友晋陵县的陆县丞结伴游春。陆县丞从邻县而来，杜审言自然要陪着他四处游玩，以尽地主之谊。其时还早，清晨的曙光尚未消退，满天都是绚丽的云霞，那七彩的霞光照射在大地上，真是如在仙境。面对这样的美景，陆县丞心情非常舒畅，略一沉吟，便口占一首《早春游望》，抒发了早春游望，宾主相聚，无限欢愉之情。诗的最后，却流露出人在他乡的羁旅之伤。诗歌写得格调高古，闻者无不动容。

杜审言听了陆县丞之诗，心中深有所感。自从中进士之后，他身在宦途已经二十年了。可是却一直不被重用，被远派在这江南小县做一名县尉。自己满腹才华无法施展出来报效国家，满腔报国热情也被长时间压抑在胸，在这江南小县之中，他每日只能处理一些日常杂务，其余的时间也就是和诗朋文友雅集唱和，因此二十年来，他的官没有做多大，他的诗却大大地出名了。今天一起游玩的这位陆县丞，就是和他遭遇相似的一位知己。陆县丞的诗让他不由得想起了故乡。他家世居中原，那里靠近帝都，人物风俗又是另一种情形。他放眼望去，只见朝霞照在宽阔的江面上，把整个江面都染红了，那种江天一色，如同赤焰燃烧的景色真是雄浑壮观。这美景是中原地方所没有的，他想起家乡的日出，一线长长的地平线延伸得无边无际，清晨的冷气还没有散尽，一抹朝霞从地面升起，而那地平线上，缓缓升起一弯红弧，那红弧越升越高，直到一轮红日完全跃出，高悬在大地之上。那种日生于地的景色却又让人别是一种感觉。他望着眼前这满江满天的朝霞，心中想到，现在还是早春二月，中原地方乍暖还寒，初升的太阳还毫无光热，应该不会有江南这样绚丽火红的朝霞吧。

杜审言的思乡之情被陆县丞的诗一下子给勾了起来，他只觉得眼

前这一切都是那么陌生，都让他想起故乡的一切。江南春早，大江两岸现在已经是繁花似锦，绿树成荫了。枝头上传来黄鹂鸟的叫声，也在传达着早春的信息。可是在杜审言的心中，时时浮上心头的，却是故乡二月里宿雪尚未消尽，梅花尚在斗寒的情景。是啊，故乡的春天并不像这里，一夜之间大江上下就已经春满大地；故乡的春是要你耐心等待，慢慢体会的。冬雪尚飘，梅花开了，踏雪寻梅，说不定能引

《早春图》郭熙（北宋）

起无穷诗兴，写出一两首传世的好诗。小草绿了，柳树萌芽了，却似有还无，让你的心中充满惊喜与渴望，春就在这盼望中一日日走近，让你细心地去体会。那种感觉绝对不像在江南的这种感觉。虽然在江南的感觉让你觉得新鲜，让你惊奇，杜审言却无法为这种新奇的感觉感到快乐。他只觉得，眼前的这一切，都有一点触目惊心，让他更加思念故乡的春天。

游春本为寻欢，可如今心情竟然变得凄清伤感起来，他望着身边的老朋友，同为宦游他乡的游子，同为不得志的同僚，他应该理解自己感伤的原因吧。杜审言轻轻地吟出一首五律，把自己这种久萦于心的淡淡哀愁表达了出来……

最爱山河行不足

## 春江花月夜①

张若虚

春江潮水连海平，海上明月共潮生。
滟滟②随波千万里，何处春江无月明！
江流宛转绕芳甸③，月照花林皆似霰④；
空里流霜不觉飞，汀上白沙看不见。
江天一色无纤尘，皎皎空中孤月轮。
江畔何人初见月？江月何年初照人？
人生代代无穷已，江月年年只相似。
不知江月待何人，但见长江送流水。
白云一片去悠悠，青枫浦⑤上不胜愁。
谁家今夜扁舟⑥子？何处相思明月楼？
可怜楼上月徘徊，应照离人妆镜台。
玉户⑦帘中卷不去，捣衣砧⑧上拂还来。
此时相望不相闻，愿逐月华流照君。
鸿雁长飞光不度，鱼龙潜跃水成文。
昨夜闲潭⑨梦落花，可怜春半不还家。
江水流春去欲尽，江潭落月复西斜。
斜月沉沉藏海雾，碣石潇湘⑩无限路。
不知乘月几人归，落月摇情满江树。

【注释】

①春江花月夜：乐府旧题，属《清商曲·吴声歌》。
②滟滟：月光在水面上闪耀。
③芳甸：遍生花草的原野。
④霰 (xiàn)：雪珠。
⑤青枫浦：地名，在今湖南浏阳县境内。此处指游子思妇的别离之处。
⑥扁舟：小船。扁舟子：乘船的游子。
⑦玉户：闺房的美称。
⑧捣衣砧：捣衣所用的石板。
⑨闲潭：江边水深静处。
⑩碣石：河北山名，指北方。潇湘：湖南水名，指南方。

【鉴赏】

张若虚，（约660—约720）字号不详。扬州（今属江苏）人。曾任兖州兵曹。中宗神龙（705—707）中，与贺朝、万齐融、邢巨、包融俱以文辞俊秀驰名于京都，与贺知章、张旭、包融并称“吴中四士”，是初唐诗风转变的代表人物。

张若虚的诗仅存二首于《全唐诗》中，其中《春江花月夜》是一篇脍炙人口的名作，闻一多先生称它为“诗中的诗，顶峰上的顶峰”。正因为这首诗，使张若虚“孤篇横绝，竟为大家”。全诗以五种优美的事物——春、江、花、月、夜为描写对象，并以月为主体描写景物、抒发情感，以清丽优美的笔触描写了月在一夜之间从升起到高悬、西斜，直至落下的过程，描写了这个过程中月光下的江水、沙滩、天空、原野、树木、花林、飞霜、白云、扁舟、高楼、镜台、砧石、鸿雁、鱼龙、思妇和游子，充满了生活情趣和人生哲理，语言优美，意境清幽。在韵律上，全诗共三十六句，四句一换韵，平仄交错，一唱三叹，回环往复，富有优美的音乐节奏感，使得文情与声情和谐婉转，给人以澄澈空明、清丽自然的感觉。

【诗情演绎】

月圆之夜，诗人独自来到江边，赏玩这仲春时节的江月。带着春的气息，江潮一波又一波地向岸边涌来，清凉之中似乎又蕴涵着丝丝花香。朦胧的暮色中，那波浪一层层地荡漾开去，浩瀚无垠，一直到远处的海上。慢慢地，一轮明月似乎随着荡漾的潮水升了起来，那金色的月光照在滟滟的波浪上，似乎那明月与这潮水都有了活泼泼的生命，一直到那千万里外的远方。诗人心中不由得想到，这月光闪耀万里之遥，哪一处江水不在明月的照耀之中呢？月下的江水曲曲折折地绕过花草丛生的小洲，月色洒在那些花树上，就像撒上一层洁白的雪。月色下，似乎觉察不到空气中轻轻飘动的雾气，也看不见那江水中央沙汀上的白沙，只看见江天一色，没有一丝尘埃，天空中明月皎洁。

明月初升。诗人站在这清明澄澈的天地宇宙之中，仿佛进入一个纯净的世界，他的思绪也飘到了极远的年代：今天我在这江边欣赏这美丽的月色，那又是谁最先在这江边看到这同样美丽的月色呢？这江月最初是何年照在这江边之人身上的呢？江边之人一年一年、一代一代地在换，可是这照人之月却年年相似啊。这一轮孤月独照中天，不知它在等待什么人，只看见这江水滚滚奔腾而去。诗人的思绪也随着这波涛远去了……

月亮已经高高地升到天空之中，不知什么时候，一片白云悠悠地从湛蓝的夜空飘过，这使得站在江边的诗人不胜哀愁。他想起了那些在月明之夜不能团圆的人们。不知道今天晚上还有谁在外漂泊不定？还有谁登上高楼，遥望明月，相思无尽？那在高楼之上徘徊的明月，把月光照在思念漂泊在外的夫君的女子的妆台之上，这月光让她想起远方的爱人，引起她无尽的烦恼；月光洒在那门帘上，即使把帘子卷起来，也无法卷走那皎洁的月光；月光洒在那捣衣砧上，拂也拂不

去，就像她心中无时不在的相思之情。想必这明亮的月光此时也正照在远方的爱人身上，他也正举头仰望着同一轮明月，可是他们却无法互通音信。想到这儿，张若虚真愿意追逐着那皎洁的月华，来到亲爱的人儿身旁。天空中那远飞的鸿雁，江水中跳动的鱼儿，如今也无法为有情人传递音讯。

月影西移，诗人不由得想到了自己昨天晚上做的一个梦，他梦到有残花落在幽幽的深潭之上，花落幽潭，春光将老，可怜自己在这美好的春天里无法回到家乡。这滔滔的江水把这美好的春天都要带走了，就像这江潭落月，已经西斜。沉沉的海雾遮隐了落月，这里与家乡万里之遥，回乡的路是那么的遥远漫长。他暗自思忖，在这美好的春夜月色之中，不知有几个人能踏着这月光回到自己的家乡，而自己那无边的思乡之情，也伴着残月的余晖，洒在江边的树林之上……

## 蜀道难①

李白

噫吁戏②，危乎高哉！蜀道之难，难于上青天！蚕丛及鱼凫③，开国何茫然④。尔来⑤四万八千岁，不与秦塞⑥通人烟。西当太白有鸟道⑦，可以横绝峨眉巅⑧。地崩山摧壮士死⑨，然后天梯石栈⑩相钩连。上有六龙⑪回日之高标⑫，下有冲波逆折之回川。黄鹤之飞尚不得过，猿猱⑬欲度愁攀缘。青泥⑭何盘盘，百步九折萦岩峦。扪参历井⑮仰胁息⑯，以手抚膺坐长叹。问君西游何时还？畏途巉岩⑰不可攀。但见悲鸟号古木，雄飞雌从绕林间。又闻子规啼夜月，愁空山。蜀道之难，难于上青天！使人听此凋朱颜。连峰去天不盈尺，枯松倒挂倚绝壁。飞湍瀑流争喧豗⑱，砯崖转石万壑雷⑲。其险也如此，嗟尔远道之人胡为乎来哉！剑阁⑳峥嵘而崔嵬，一夫当关，万夫莫开。所守或匪亲，化为狼与豺。朝避猛虎，夕避长蛇，磨牙吮血，杀人如麻。锦城虽云乐，不如早还家。蜀道之难，难于上青天！侧身西望长咨嗟。




【注释】

①蜀道难：古乐府曲名，属《相和歌·瑟调曲》，古代诗人常用来

描写蜀地道路的艰难。

②噫吁戏（yī xū xī）：惊叹声。

③蚕丛及鱼凫（fú）：蚕丛、鱼凫，皆远古蜀王名。扬雄《蜀王本纪》：“蜀王之先名蚕丛、柏灌、鱼凫、蒲泽、开明。是时人民椎（máng，语言杂乱）言，不晓文字，未有礼乐。从开明上至蚕丛，积三万四千岁。”

④茫然：完全不知道的样子。

⑤尔来：从那时以来。尔：那，指开国之初。

⑥秦塞：秦地。秦中自古称为四塞之国。塞：山川险要的地方。

⑦太白：山名，在今陕西眉县东南。鸟道：指连绵高山间的低缺处，唯有鸟儿能飞行，人迹所不能至。

⑧峨眉：山名，在今四川峨眉山市西南，金顶是它的最高峰。

⑨壮士死：相传秦惠王想征服蜀国，知道蜀王好色，答应送给他五个美女。蜀王派五位壮士去接人。回到梓潼（在今四川剑阁之南）的时候，看见一条大蛇进入穴中，一位壮士抓住了它的尾巴，其余四人也来相助，用力往外拽。不多时，山崩地裂，壮士和美女全被压死，而山分为五岭，入蜀之路遂通。这便是有名的“五丁开山”的故事。

⑩天梯：指高险的山路。石栈：俗称“栈道”，在山崖上凿石架木而建成的通道。

⑪六龙：传说太阳神的车子由羲和驾驭六条龙拉着，每天在空中行驶。

⑫高标：指可以作一方标志的最高峰。一说，山名，又名“高望山”。

⑬猱（náo）：猿的一种，善攀缘。

⑭青泥：岭名，在今陕西略阳县境内。

⑮扪（mén）参（shēn）历井：参、井，皆星宿名。秦是井宿的分野，蜀是参宿的分野；由秦入蜀，故称“扪参历井”。扪，摸。

⑯仰胁息：仰头望天，屏住呼吸。胁息：鼻不敢出气，唯有两胁暗暗地运动，用以换气。

⑰巉（chán）岩：高而险的山岩。

⑱喧豗（huī）：喧闹声。这里指急流和瀑布发出的巨大响声。

⑲砯（pīng）崖转石万壑雷：大水冲击山崖，碎裂的石块滚滚而下，千山万壑间响起雷鸣般的声音。砯：水冲击石壁发出的响声。

⑳剑阁：一条15千米长的栈道，位于今四川剑阁县北的大剑山和小剑山之间，群峰如剑插天，两山如门，极为险要。

【鉴赏】

这首诗是李白最著名的诗篇之一，袭用乐府旧题，展开丰富的想象，着力描绘蜀道之奇丽险峻和磅礴的气势，借以歌咏蜀地山川的壮秀，显示出祖国山河的雄伟壮丽，同时，也隐约透露出诗人对社会现实的某些忧虑和关心。诗可以分为三个部分。从开头至“然后天梯石栈相钩连”为第一部分，描写开辟蜀道的艰难。诗歌一开篇即以“蜀道之难，难于上青天”的咏叹直言、极言蜀道之难，为全诗奠定了雄浑豪放的基调。这一咏叹反复出现，犹如一首乐曲的主旋律激荡着读者的心。紧接着，诗人以夸张的笔墨描绘这道历史上不可逾越的险阻，从蜀道开辟之艰难着手，再次渲染蜀道之难。第二部分从“上有六龙回日之高标”至“嗟尔远道之人胡为乎来哉”，主要描写山势的高危，显示出蜀道之难行。诗人通过黄鹤不得过、猿猱愁攀缘、悲鸟号、子规啼来反衬山势之险恶高危，又通过行人之呼吸紧张、抚胸长叹等动作表现登山之艰难，绘声绘色地摹写出行在蜀道之困危之状。最后一部分主要描述蜀地道路难行，环境险恶，不是久留之地，应该及早离开。同时也告诫当局，蜀地险要，应好好防守，表现了诗人对国事的关心与忧虑，具有现实意义。李白以变幻莫测的笔法，淋漓尽致地刻画了蜀道之难，产生了极其感染人的强烈的艺术效果。诗歌充满了浪漫主义的激情，运用想象、夸张等艺术手法，创造出博大浩渺的艺术境界。诗歌律体和散体相间，诗句参差错落，长短不齐，形成极为奔放的语言风格，读来令人心潮激荡。

【诗情演绎】

大约在天宝二载（743），李白第一次来到长安。在这里，他以诗酒结交了许多好朋友，王炎也是其中的一个。王炎与李白性情相投，非常要好。王炎是一个非常有抱负的人，他希望自己能够通过建功立业而获得功名富贵，进而可以光宗耀祖、荣耀门楣。长安虽然是天子脚下，但是要想实现自己的理想与抱负却并不容易，这一点两人都有深刻的体会。因此，在长安待了一段时间之后，王炎觉得前途渺茫。听说蜀地富庶，王炎又有朋友在那里做官，来信邀请他到蜀地发展，因此王炎决定去那里。李白非常理解他的朋友是怀着追求功名富贵的目的入蜀，觉得有许多话想要嘱咐和告诫他，因此在王炎临行之前，他邀王炎到一个酒馆里为他饯行。

酒过三巡，两人兴致渐高，王炎说了许多告别的话，并劝说李白随他一起入蜀。李白微微笑着摇了摇头，他还想劝说王炎放弃入蜀呢。他端起一杯酒，对王炎说："朋友，你想入蜀，可是你知道蜀道有多难走吗？太难走了！"李白夸张地站起身来，边比画边说："蜀道之难，难于上青天！当年蚕丛和鱼凫开国的时候，面对着崎岖艰险的蜀道，都茫然无措呢！那里可是自古以来四万八千年都不与秦地相通啊！"他微微眯起眼睛，想象着人们在一座座陡峭险峻的山峰面前无所适从的样子，接着说道："那里山岩陡峭，险不可攀，别说是人了，就是黄鹤都飞不过去，即使是那善于攀缘的猿猴也都发愁怎么才能过去呢。而且地上还都是些泥泞的深潭，一不小心，就陷进去，再也出不来了。那里山峰一个接着一个，听说离天都不到一尺啊！山上都是枯木断枝，两座悬崖之间，就靠这些枯树连接着，人要是过去，得从树上过，说不定脚一滑就掉到万丈深渊里，也说不定人刚走上去那枯树就断了呢！那山中还有无数的豺狼虎豹，毒蛇猛兽，一个个磨牙吮血，杀人如麻！虽然成都那里有你的朋友，也许到那里会过得好一点，可是这一路上谁知会遇到多少艰难险阻，说不定还没有走到就丧身虎腹或是葬身悬崖了！"李白想象着蜀道之难，似乎自己就行进于那危机四伏的道路之上，脸上充满恐怖。"王兄，那成都虽然好，可是你这一走，想要回来可就难了。”王炎看着李白夸张地渲染蜀道之难，知道他还试图以此劝说自己放弃入蜀的念头，就笑着说：“李兄，蜀道虽难，已有人去，我又何惧呢？”李白一听此言，知他去意已决，刚才自己一番夸张的恐吓也没有用处，就只好无奈地坐下来，端起酒杯，与王炎一饮而尽。两人又喝了一会儿，李白语重心长地对王炎说：“王兄，既然你去意已决，我也不再拦你了。可是蜀道难是事实，你一路上一定要多加小心。我还想告诉你，个人的官爵地位、进退升沉都是上天注定的，不必太过强求，这一点即使是善于算卦的严遵严君平也算不来哟。”李白想劝说朋友不要太沉迷于功名利禄之中，但又不便明言，只好以此开个玩笑。虽然是劝王炎，这又何尝不是李白的切身体会、夫子自道呢？不久之后，王炎就离开长安，出发去四川了。而李白则把这件事情写成了两首诗，其中之一就是这首《蜀道难》，虽然李白本人当时还没有去过四川，可是他凭着想象创作了这首瑰丽雄奇的诗歌。而另外一首诗，则是《送友人入蜀》：

见说蚕丛路，崎岖不易行。山从人面起，云傍马头生。
芳树笼秦栈，春流绕蜀城。升沉应已定，不必问君平。

## 早发白帝城

李白

朝辞白帝彩云间，
千里江陵一日还。
两岸猿声啼不住，
轻舟已过万重山。

**【鉴赏】**

这首诗表达了诗人遇赦时喜悦欢畅的心情，全诗写得轻松跳跃，快意流畅。“朝辞白帝”紧扣诗题，“彩云间”三字，首先写出了清晨白帝城的天气情况：曙光初现，彩云满天，反映了诗人愉快的心情。其次，写出了白帝城地势之高，犹如在彩云之间。从这样的地点出发，沿长江顺流而下，势必会迅急如风，为下文描写船走得快蓄势。下文三句具体写舟行之快。“千里江陵一日还”，古代传说白帝城距离江陵有一千二百里，诗人朝发白帝，暮至江陵，表现了船行的轻快和自己兴奋的心情。这里“还”字值得注意，诗人刚刚被赦免，获得自由，不必再苦行流放，虽然江陵并非自己的故乡，他也觉得如回乡一般亲切。三、四句更为具体详细地描写了放舟顺流而下时的情景。长江三峡地区自古多猿，诗人身在如离弦之箭的船上，岸上猿声不住，听起来似乎一声接一声连成一片，耳边的猿声尚未消散，万重高山已经被甩在身后。诗人用猿声山影来烘托轻舟快船，充满动感。这首诗气脉流畅，一气呵成，洋溢着一种豪情与欢悦。清人桂馥读到此诗，赞叹道："妙在第三句，能使通首精神飞越。"

**【诗情演绎】**

"安史之乱"爆发时，李白已经被赐金放还、离开长安十年了。这十年间，他在全国四处游历，由于他声名远扬，再加上是赐金放还，所到之处都受到地方官吏的热情招待，因此这样的漫游生活过得还算惬意。"安史之乱"爆发时，李白正在安徽一带，虽然没有亲身经历战乱，但他亲眼看到叛军的残暴行径和人民痛苦的生活。为了躲避战乱，李白向南逃至江西。这时，逃离长安、逃向四川的唐玄宗下令，让他的第十六个儿子永王李璘为山南东路、岭南、黔中和江南西路四道节度采访使，兼江陵大都督，招募军队，消灭叛军。天宝十五载（756）七月到九月，李璘在襄阳、江陵等地招募了几万军队，积聚了大量粮草，扩充自己的力量。就在这年七月，唐玄宗的另一个儿子太子李亨在灵武即帝位，是为唐肃宗。肃宗见李璘力量壮大，疑心他要与自己争夺帝位，于是命令李璘回四川去朝见玄宗。但是李璘并没有服从命令，而是率领水军乘船顺长江而下。经过九江时，李璘听说李白在那里，就用重礼请他参加自己的幕府。当时的李白对李璘兄弟间的矛盾与斗争并不了解，而他为国出力、建功立业的心愿一直都非常强烈，他希望能和永王一起为平定战乱出力，于是就答应了。但是永王违抗皇帝的命令，不去四川朝见唐玄宗，擅自带兵东下，已经是近乎谋反的行为。因此第二年元月，唐肃宗就下令讨伐永王。永王的军队刚刚组建起来，李璘本人又不会用兵，在刚遇到大唐联军阻击时，永王就露出惧怕之色。他的部下一见，知道前途不妙，率军四下逃亡。于是，没有经过什么大的战争，永王的军队就全部溃散了。李璘本人在第二年被捉后惨遭杀害，他的很多部下被以叛逆之罪论斩。

李白虽然在永王幕府待了两个月左右，但也变成了随永王谋反的罪人。他怀着悲愤与冤屈的心情仓皇南逃，逃至彭泽，被捕，关在了监狱中。经过当时的宣慰大使崔涣和御史中丞宋若思的大力营救，总算出了牢狱，但是唐肃宗不肯赦免他，还要办他的罪。随后天下兵马副元帅郭子仪向皇帝上书，愿用自己的官爵为李白赎罪，李白才得以从轻发落，被长期流放到夜郎。这一年，李白已经 58 岁了。

李白被流放的第二年，由于唐皇室册立太子及天下大旱，唐肃宗宣布大赦天下。李白也在被赦之列。当时他走到白帝城，难以抑制自己激动的心情，万分激动之下，写成了这首诗。

李白遇赦之后，回到江南，继续在浔阳、金陵、宣城、历阳等地漫游。这一时期的漫游生活过得非常狼狈窘迫。因为曾在永王幕府工作，并曾经被流放，不少人认为李白晚节不保，对他疏远冷淡，令李白非常孤独。上元二年（761），叛乱头子史思明被他的儿子史朝义杀掉，叛军南下侵扰。太尉李光弼率领百万大军镇守临淮，抵抗史朝义叛军。李白虽然已经是 61 岁高龄，但是为国出力的壮志丝毫未减，他听说这个消息之后，奔赴李光弼军营，准备从军，但是由于半路生病，未能如愿，只好返回，没能参加征伐东南的战争。宝应元年（762），也就是“安史之乱”的最后一年，李白贫病交加，到了安徽当涂，投靠在当涂做县令的族叔李阳冰那里。不久之后，病情加重，就在这一年的十一月，李白因病去世，终年 62 岁。

## 望庐山①瀑布（之一）

李白

日照香炉②生紫烟，
遥看瀑布挂前川。
飞流直下三千尺，
疑是银河落九天③。

【注释】

①庐山：在江西省九江市南，是我国著名的风景区。
②香炉：即香炉峰，在庐山西北，因形似香炉且山上经常笼罩着云烟而得名。
③九天：古代传说天有九重，九天是天的最高层。

【鉴赏】

在唐代众多描写庐山瀑布的诗歌中，说李白的这首七绝独占鳌头应当无太多异议。诗人要写瀑布，先写瀑布所在的山峰。在阳光的照射下，庐山香炉峰犹如一只顶天立地的香炉，升起团团紫色的烟雾。一个“生”字把静穆的山峰写得极富生机。也有人认为此句中的“日照”是指庐山的日照峰，那么此句的意思就是日照峰和香炉峰上升起团团紫色的烟雾。不过从诗的意境来看，太阳照射才能云雾升腾，故“日照”应解释为太阳照射为佳。接着诗人的视线从山峰转移到瀑布上：远远望去，庐山瀑布犹如一道巨大的白练挂在山川之间。“挂”字极其形象地把瀑布飞流而下的形态描摹出来，以静写动，符合“遥望”的视觉感受，逼真地描绘出瀑布的形态。这一句是遥看，是以静写动，而“飞流直下三千尺”一句则是细看，极写瀑布的动态。这一句中的每一个字都经过精心选择。“飞流”二字把瀑布喷涌而下的形态写得极富气势，而“直下”不但写出壁立千仞的山峰之险峻，更写出瀑布落下时的势不可挡。“三千尺”三字夸张地写出瀑布之高，却又显得自然可信。在李白的另一首《望庐山瀑布》中是“挂流三百尺，喷壑数十里”，其描摹瀑布的声势就不如此处的“三千尺”更加气魄宏大。“疑是银河落九天”紧承上一句之意，这瀑布从如此之高的地方飞流直下，真让人怀疑是否是银河从天空的最高处落下来了。想象瑰丽雄奇，把人的思想带向无穷的宇宙，引起无限美好的遐想，让人读来余味无穷。

**【诗情演绎】**

又一次来到庐山了。仰望着庐山那雄伟峻峭的山势，李白停下攀登的脚步，站直身子，极目远望。这一次，他是从庐山西峰往上攀登的，这里的香炉峰景色与众不同，远远望去，真的就如一个巨大的香炉挺立于天地之间。晨雾之中，香炉峰的峰头若隐若现，在青青的云雾中犹如一个头掩轻纱的少女，羞怯而含蓄，因而引起观者无限的遐想。李白久久沉浸在这美景之中。上一次来的时候，他也曾在庐山停留了很长时间，可是那时哪有心情游山玩水。那时，“安史之乱”刚刚爆发，为了躲避战乱，他带着妻子、儿女来到这里，隐居在五老峰，那里又叫屏风叠，光听名字就知道这是一个山势层层叠叠的地方，倒是非常适合隐居。虽然李白一生最爱山水，但是国家有难，自己也无立足之地，虽然面对的是秀水青山，他也没有心情去游玩。这一次，他在被流放的路上遇赦而还，可以说是死里逃生，因此一路上他游山玩水，纵情于山水之间，不知有多高兴。这次又来到浔阳，是一定要好好游游庐山的。就这样，他站在那里，似乎想了许多，又似乎什么也没有想。过了许久，他才清醒过来，继续往山上行进。这里少有人来，因此每走一步都要拨开过人的蒿草和灌木，还有那横在半空的枝条。晨雾在渐渐散去，天色越来越亮，整个东方渐渐变红。李白知道太阳快出来了。日出庐山的景色想必非常美丽，他想赶在日出之前攀到前面一个高高的平台上，在那里观看日出。他奋力地向前行走，向上攀登，一点点地靠近那里。一段奋力的攀登之后，终于到了那处高台，李白也出了满身的大汗。站在高台上放眼望去，这里刚好是几个山谷的会聚处，因此眼前非常开阔。抬头望去，太阳就在对面山峰的顶上，阳光通过层层云雾照射下来，投射出一道道光柱，那光柱随着飘游的云朵在不断变幻着色彩。李白被眼前这美景惊呆了。他回身向香炉峰望去，只见香炉峰顶袅袅升起的云雾已不再是先前所见的青蓝色。在阳光的照射下，那云雾变成了紫色，不断从山峰间升到空中，使得整个香炉山都笼罩在一片紫霞之中，变得绚烂夺目，让人不由得想起天宫，也许那变幻多姿的云影正是变化无常的仙人呢。李白把目光从云霞转到山峰，只见那山峰果然像一个巨大的香炉，正绵绵不断地向外喷吐着紫色的烟雾。李白想，不知是不是那云雾中的仙人在香炉峰中点燃起巨大的香炷，才会产生这美丽的紫霞呢。

李白就这样陶醉在香炉峰的美景之中。过了许久，他才被阵阵水声唤醒。是的，刚才在途中他就听到水声了，正想着找找这水声源自何处，可是刚登上高台，他就被眼前的景色完全吸引住了，以至忘了去追寻水声。现在水声似乎更响了，他放目寻找。在那里！就在香炉峰南面的山峰之中，一帘瀑布正如一匹巨大的银练悬挂下来。那瀑布以极其迅猛的姿态从高高的山顶流下来，那飞溅的水花喷出去有数十米远。那水花就像电光火石一般飞起，然后又转瞬即逝。李白不住地惊叹，这哪里是人间的瀑布，这分明是天上的银河从云天之中倾泻而下啊。它的水流不断地冲刷着两旁青色的岩壁，巨大的浪花不断地向空中乱射。那飞溅出来的水花，就像碎玉乱琼一般，撒向底下的深潭，而瀑布的巨浪则如万钧水柱，砸向潭去。水柱不断击起的水花向岸边的岩石冲去，变成了大团大团的白色泡沫。望着那飞泻的瀑布，李白觉得心中非常安闲适意，只觉得这瀑布荡涤了身心的尘垢，真想永远脱离人间凡俗。眼前的景色给了李白巨大的灵感，诗句似乎未经思考就脱口而出：

日照香炉生紫烟，遥看瀑布挂前川。
飞流直下三千尺，疑是银河落九天。

吟过之后，仍觉意犹未尽，稍作思考，他又吟出一首五言古诗：

西登香炉峰，南见瀑布水。
挂流三百尺，喷壑数十里。
欻如飞电来，隐若白虹起。
初惊河汉落，半洒云天里。
仰观势转雄，壮哉造化功。
海风吹不断，江月照还空。
空中乱潨射，左右洗青壁。
飞珠散轻霞，流沫沸穹石。
而我乐名山，对之心益闲。
无论漱琼液，且得洗尘颜。
且谐宿所好，永愿辞人间。

## 钱塘湖春行

白居易

孤山寺北贾亭西①，水面初平云脚②低。
几处早莺争暖树③，谁家新燕啄春泥。
乱花渐欲迷人眼，浅草才能没马蹄。
最爱湖东行不足④，绿杨阴里白沙堤⑤。

**【注释】**

①孤山：在杭州西湖后湖与外湖间，孤峰独耸，山上有孤山寺。贾亭：即贾公亭，唐代贾全在杭州做官时修建的亭子，当时是西湖名胜。
②云脚：流荡不定的行云，多在雨前或雨后接近地面。
③暖树：向阳的树。
④行不足：游赏不够。
⑤白沙堤：简称白堤，它连接着孤山和西湖东岸。

**【鉴赏】**

这首诗写初春时节西湖风景。诗的第一句以孤山寺和贾亭这两个具有标志性的建筑点明了所咏的对象——西湖。次句写出西湖在初春时节的景象：春水新涨，湖面上升，白云朵朵，堆在天边，水天连成一片。三、四句从早莺春燕在春日里的活动把早春西湖的盎然春意生动地描绘出来。“几处”、“谁家”这两组词语表达的都是屈指可数的意思，而不是处处、家家，诗人用准确的语言说明此时还是初春时节：由于是初春，所以称“早莺”，它们抢着在向阳的树上栖息；燕子刚刚从南方飞来，因此叫它们“新燕”。这一切给人带来一种喜悦之情。五、六句从花与草的角度进一步写初春景色。“乱花”的“乱”字把五颜六色的鲜花争奇斗艳的情景逼真地表现出来，而“渐欲”一词则写出了繁花初开、更将盛开的发展态势。下一句中的“才能”二字也把春草初萌的景象生动地表现出来。诗的最后两句点明了诗人最喜爱的地方：湖东的白沙堤。这就使得这首诗不是单纯的景色描写，而融入了诗人的主观情感，方东树说此诗“象中有兴，有人在，不比死句”，指的就是这个意思。

**【诗情演绎】**

白居易做杭州刺史共三年，这三年中他饱览了杭州各处胜景，写下无数赞美杭州美景的诗篇，就像这篇《钱塘湖春行》，记述了白居易在初春时节，骑着马缓缓地沿着西湖著名的白沙堤而行，欣赏春花乍放、莺歌燕舞的西湖春色，真是怡然自得。此外还有《余杭形胜》、《杭州春望》、《春题湖上》等等很多诗。白居易到杭州可不仅仅是为了欣赏西湖美景，在任期间，他为人民办了许多好事，把杭州治理得非常好，在百姓中留下了非常好的声誉。

白居易到杭州任职是他自己主动向皇上请求的。长庆初年，唐穆宗刚刚即位，当时宦官当权，朝政腐败，白居易曾经多次向穆宗提出改进政治的建议，但都未被采纳。白居易见到这种情况，感到非常灰心，于是请求被外放到地方任职。长庆二年（822）的七月，他被任命为杭州刺史。虽然当时白居易在政治上遇到些挫折，有些心灰意冷，但是被任命为杭州刺史，他还是非常高兴的。早些年的时候，他曾经从杭州经过，当时觉得杭州刺史不但尊贵得很，而且过得逍遥自

《柳燕图》王文治（清）

在，有美景观赏，还有美酒和鲜鱼，这让他有了漫游祖国山河的想法。后来，政治上不得意，他甚至有辞官去杭州游历的想法。这一次，他竟然是带着官职俸禄去杭州就任，真是再好没有的事情了。在赴杭州就任的途中，由于有军队叛乱，他不得不绕道而行，一直走了一个月还没有到达杭州，白居易急得不行，曾写下“烟波三十宿，犹未到钱塘”的诗句，可想而知他当时焦急的心情。

到了杭州任上之后不久，就是冬天，白居易有两个幕僚非常贫困，连件过冬的棉衣都没有。白居易命人做了棉衣送给他们，白居易曾写下一首七言长诗记这件事，在诗的后半部分，他从赠棉衣这件事情想到为人民谋幸福，谈起了自己想要治理好杭州的愿望：“我有大裘君未见，宽广和暖如阳春。此裘非缯亦非纩，裁以法度絮以仁。刀尺钝拙制未毕，出亦不独裹一身。若令在郡得五考，与君展覆杭州人。”诗中说他要以法制和仁政治理杭州，让人民感到温暖如春。只是现在还没有实现，到实现的那一天，受惠的就不会是一两个人，而是整个杭州的人民了。

白居易在杭州的三年确实实现了他诗中的理想。他兴修水利，加高白沙堤，积蓄西湖水，提高湖水的水位，使西湖与杭州的水道以及稻田之间的水都能够自由流通，便利了农田灌溉。后来人们把白沙堤称作“白堤”，就是为了纪念他的善政。他又主持重新淘挖了杭州市内人民饮水的六口大井，解决了人民的饮水问题。白居易为杭州百姓做了这么多实事、好事，百姓非常爱戴他。三年后他任职到期，临走的时候，杭州全城的百姓都盛情相送，许多人舍不得他走，流下了挽留的眼泪。白居易对杭州也非常有感情，他临走的时候，连薪俸都没带，只带走了两块采自杭州天竺山的太湖石，即使如此，他还担心这有伤他做官的清白。

离开杭州之后，白居易非常怀念和留恋杭州的一切。多年以后，他定居洛阳，还写下了“最忆是杭州”（《忆江南》）的诗句。

## 灵隐寺

宋之问

鹫岭①郁岧峣②，龙宫③锁寂寥。
楼观沧海日，门对浙江潮。
桂子月中落，天香云外飘④。
扪萝⑤登塔远，刳⑥木取泉遥。
霜薄花更发，冰轻叶未凋。
夙龄尚遐异，搜对涤烦嚣。
待入天台路，看余渡石桥。

**【注释】**

①鹫岭：即印度灵鹫山，这里借指飞来峰。
②岧峣（tiáo yáo）：山势高峻貌。
③龙宫：相传龙王曾请佛祖讲经说法，这里借指灵隐寺。
④桂子月中落，天香云外飘：传说在灵隐寺和天竺寺，每到秋爽时刻，常有似豆的颗粒从天空飘落，传闻那是从月宫中落下来的。天香：异香，此指祭神礼佛之香。
⑤扪（mén）：攀，挽。萝：葛藤。扪萝：攀缘葛藤。
⑥刳（kū）：从中间破开再挖空。

**【鉴赏】**

宋之问（656—712），一名少连，字延清，汾州（今山西汾阳）

人。与沈佺期为同年进士。宋之问官至考功员外郎。（曾先后谄事张易之和太平公主。）因知贡举受贿，迁越州长史，流钦州，赐死。宋之问与沈佺期同为当时御用文人，其诗颂圣颂瑞，歌功颂德，艺术上刻画精丽，文辞华靡。擅长五律和排律。沈、宋二人对于律诗体制的定型与完善有重要贡献。他们区别平仄，探究出平仄规律，要求全篇平仄粘对，中间两联对仗，遂使律诗臻于完美。

**【诗情演绎】**

这首诗在宋之问的诗集中可以找到。可是，也有人把它收进骆宾王的诗集中，你知道这是为什么吗？这中间有一个故事。

武则天当政的时候，在长安做官的宋之问由于有罪被贬南方。路过江南的时候，他来到杭州游玩。他爱上了西湖美景，就在灵隐寺中住了下来，尽情赏玩杭州美景。当时正是秋天。这天晚上，月色迷人，宋之问见山中月下树影婆娑，泉声阵阵，就出了门，在寺中闲走，微风吹来一阵阵凉意。他不由得脱口吟了一句诗：“岭边树色含风冷。”这一句吟完之后，他想再吟一句，构成一联，可是思来想去，再也想不出来。他口中吟着这句诗，在大殿前走来走去，苦苦思索。这时，大殿里有一位老僧在打坐，见他苦吟不已，说道：“这里的风景都是现成的，要吟诗何必这么苦苦搜寻呢？”宋之问见老僧有轻视之意，心中不快，问道：“难道师父也会吟诗吗？”老和尚道：“我虽不会吟诗，可是先生你的这句诗我已经对好了。”于是老和尚朗声吟道：“石上泉声带雨秋。”宋之问一听大吃一惊，道：“老师父您对得太好了。想必您也是一位诗人，我这里失敬了。”他向老人深施一礼，然后说道：“我在这里游玩，想赋诗一首，写出灵隐寺的胜景，可是只想出开头两句，下面怎么也写不上来，特向师父请教。”老和尚让他念来听听。宋之问吟道：“鹫岭郁岧峣，龙宫锁寂寥。”老和尚听后，随口吟道：“楼观沧海日，门对浙江潮。”宋之问听了之后，更加佩服不已，他自己也不敢再写这首诗了，就请老和尚把这首诗写完。老和尚听后也不推辞，一口气又念了十句，完成了这首诗。宋之问听后，佩服得五体投地，于是向老和尚打听他的身世。但是老和尚只是微微叹息，却不回答。于是二人就此别过。第二天宋之问再去拜访那老僧，已不见他的踪影了。他向旁人打听，人家告诉他，这就是著名的诗人骆宾王，著名的“初唐四杰”之一。原来，骆宾王不满武则天当政，在徐敬业起兵反对武氏时，写了一篇《为徐敬业讨武曌檄》，传说武则天有一天正患感冒，听了这篇《为徐敬业讨武曌檄》后，惊出一身冷汗，病顿时好了。后来徐敬业兵败，徐敬业和骆宾王从此下落不明。传说徐敬业躲在衡山寺中，活到九十多岁。骆宾王则遍游天下名山。这一天骆宾王来到灵隐寺，正好被宋之问遇到了，二人于是合写了这首诗。

不过也有人说诗中只有“楼观沧海日，门对浙江潮”两句是骆宾王写的，其余都是宋之问所写。但综观全诗，只有“楼观沧海日，门对浙江潮”两句写得最为精彩。这也可作为人们对骆、宋二人诗才高下的一种评价吧。

## 江畔独步①寻花（之一）

杜甫

黄四娘家花满蹊②，千朵万朵压枝低。
留连戏蝶时时舞，自在娇莺恰恰啼。

**【注释】**

①独步：一个人散步或走路。
②蹊（xī）：小路。

**【鉴赏】**

这首诗以秾丽的笔触描绘出美好的春天景象以及诗人愉快轻松的心情。诗的前两句以极其通俗浅显的语言点明了地点以及周围景色的特点。“黄四娘家花满蹊”一句，点明诗人江畔独步的地点是黄四娘家旁边的小路上，“娘”或“娘子”是唐代习惯上对妇女的美称，诗人以这种对人的通俗称呼入诗，充满了生活情趣和生活气息，富有民歌韵味，显得亲切自然。一个“满”字把鲜花夹道而

杜甫像

生、低拂人面的情景生动地描绘出来。次句“千朵万朵压枝低”则紧承上句“满”字，描绘繁花朵朵，数也数不清，把枝条都压弯了，更具体地描绘出黄四娘家花蹊的美景。这一句也非常口语化。而“留连戏蝶时时舞，自在娇莺恰恰啼”两句，却又以工整的对仗描绘出花蹊之上动态的美。只见花枝之上，彩蝶留恋鲜花而翩翩起舞，枝叶深处，传来一阵阵黄莺动听的歌声。“留连”与“自在”虽然说的是蝶与莺，其实何尝不是诗人自己漫步于花丛之中愉悦心情的体现呢。这两句诗中双声词、象声词和叠字的运用，使得诗句充满音乐美。“留连”、“自在”两个词语均为双声词，“时时”、“恰恰”均为叠字，双声叠字用在两句诗中，既使上下诗句形成对仗，也更生动贴切地表达出诗人沉醉在群蝶纷飞、繁花似锦、黄莺娇啼的美妙意境之中。从音韵上来说，这两句诗除了结尾两个字“舞”和“莺”外，其余的字都是舌齿音，一连串的舌齿音造成一种喁喁自语的感觉，似乎诗人正行走在花蹊之间，如此美景让他忍不住喃喃自语起来。这首诗初读起来觉得平平，细细体味，却有无尽的韵味在其中。

**【诗情演绎】**

仲春时节，春暖花开，成都到处都是绿树繁花。处在这样的环境之中，让人的心情不由自主地无比舒畅。此时杜甫的心情就像这盛开的鲜花一样，说是心花怒放一点也不夸张。自从天宝十四载（755）“安史之乱”爆发以来，潼关失守，长安沦陷，他便带着妻儿四处逃亡，颠沛流离。后来听说肃宗皇帝即位，他便把妻儿安顿下来，只身投奔皇帝而去。结果，途中不幸被叛军所获，他被押回长安，亲眼目睹了社稷倾覆、叛军烧杀劫掠的惨相。之后，他冒死逃脱，见到了皇帝，授官左拾遗。可是不久就因事被贬，他的政治理想从此彻底破灭。他也从这个时候开始，从宫廷走向民间，更深刻地体会到人民的疾苦。他在历尽艰辛之后，来到了成都。多亏好友帮忙，他在成都西郊建成一所草堂。这所草堂，坐落在浣花溪畔的一处高地上，南边是美丽的百花潭，旁边有一座桥，叫做万里桥。虽然只是一座草堂，可是对于长期以来居无定所、颠沛流离的杜甫来说，这草堂就好比是天堂一样，不仅可以抵挡风雨，还坐落于这么美丽的环境之中，真是读书作文、颐养天年的好地方。

这一天，春光明媚，风和日丽，闲来无事的杜甫，走出他心爱的草堂，信步来到江边，欣赏美丽的春光。那一江碧盈盈的春水，似一块巨大的碧玉，镶嵌在两岸绿柳繁花之间。岸边的垂柳，在微风中招展着柔嫩的枝条，不时拂在人的身上、面上，似乎在和游人嬉戏。杜甫兴致盎然地穿行在花与树之间，感受着这美好的春天。

他一路走来，当走到一家院落之前时，他不由得被吸引住了，脚步也停了下来。原来，这是黄四娘家的院落。小小的一个院落，似乎被各种各样的花朵包裹起来，就像是一朵巨大的花团，异常醒目。杜甫不由自主地沿着小路走上前去。当他走上黄四娘家的小路时，发现那层层叠叠的鲜花把枝条压得弯了下来，以至于人走在这花枝形成的拱廊上时，不得不弯下腰去，以免被花枝挂住头发。头顶是娇艳无比的鲜花，脚底下踏着的是落下的花瓣，人就像穿行在一个花的甬道之中。杜甫正无限怜爱地欣赏着这些花儿，几只彩蝶翩翩飞过了他的身边。他的目光随着蝴蝶落在花瓣上，这才发现，那各色各样、五颜六色的花朵上，竟停着无数的彩蝶。一只蝴蝶飞起，惊起无数只也飞了起来，不久又停留在花朵之上，似乎它们也无比留恋这美丽的花朵，不忍离开片刻。惊喜无比的杜甫正沉浸在这美景之中，恰恰在这时，耳边响起几声黄莺儿婉转悠扬的叫声，把沉醉在花丛之中的杜甫唤醒。虽然远近看不到其他的行人，可是

杜甫还是觉得身边是如此热闹，正是这繁花、戏蝶、啼莺，使得这个春天如此热闹，让杜甫身处其中，不忍离去。

杜甫在黄四娘家花蹊之中流连了许久，才迈步缓缓离开，沿着江堤继续前行。不知下面又会遇到什么样的花景呢？杜甫一边想着，一边带着少有的闲适与从容朝前走去……

## 过故人庄

孟浩然

故人具①鸡黍②，邀我至田家。
绿树村边合，青山郭③外斜。
开轩④面场圃⑤，把酒话桑麻⑥。
待到重阳⑦日，还来就⑧菊花。

【注释】

①具：准备，置办。
②鸡黍：待客的饭菜。
③郭：外城。
④轩：窗户。
⑤场圃：农家的小院。
⑥桑麻：泛指农作物。
⑦重阳：农历九月初九。
⑧就：赴。这时指欣赏之意。

【鉴赏】

孟浩然的田园诗以著名的《过故人庄》为代表，长期以来脍炙人口。诗人以隐士理想的目光，描绘农村宁静秀美的田园景色，讴歌淳朴的人际关系，平淡自然，情浓味醇，充满诗情画意。诗歌以看似自然随意的笔墨，写应邀到农家的一次经历。诗的首联写老朋友备下鸡黍饭，邀请诗人到田家吃饭。鸡黍饭是农家最常吃的饭，这种不讲虚礼的待客方式，表明老朋友之间淡若水、亲如一家的情谊。诗人应邀来到了村里，只见村庄被绿树环抱，郭外是青青的斜山，真是一幅清静恬美的乡村景色。诗的五、六句写宾主吃饭时的情景：推开窗子，外面的景色映入户内，小窗正对着院子里一片平整的场地，宾主一边欣赏着小院景色，一边饮酒，一边述说着农作物的长势。在这样融洽的气氛中，诗人深深地陶醉了，他完全融入农家生活里去了。他真诚而率直地与主人预约，在秋高气爽的重阳节，再来观赏菊花。诗歌语言朴实无华，句句自然，淡而有味，意境隽永，感情真挚，恬静秀美的农村风光、朴实的农家田园和淳朴真挚的情谊水乳交融，浑然天成。沈德潜说孟浩然的诗“语淡而味终不薄”，诚哉斯言！

**【诗情演绎】**

孟浩然迈着怡然自得的步伐，缓缓地走在乡间的林荫道上。天空是那么蓝，微风是那么和煦，从田间飘来油菜花沁人的芳香，枝头上小鸟儿正在唧唧喳喳地歌唱。前方不远，就是朋友的村庄了。这是一个不大的村落，整个被绿树环抱着，青砖碧瓦都被浓郁的树荫遮掩起来，只有几缕青烟挂在树腰，偶尔听到鸡鸣、犬吠、牛叫之声，以及农妇唤子的声音。远处是一抹矮矮的青山，犹如一幅充满诗情画意的山水画，使得这个小小的村落不显得那么孤独，而有一丝清淡幽静的感觉。孟浩然不知来过这里多少回了，每一次，不同的田园风光都给他带来不同的惊喜，而农家那热情而朴实的待客方式也让他感觉非常亲切。这一次，朋友捎来口信，说家里准备了鸡黍饭，请他来家中做客。孟浩然听说之后，欣然答应，马上就起身来了。

孟浩然来到朋友的小院前，院子是用木篱笆围成的，牵牛花的藤蔓把那些篱笆都爬满了。院子里静悄悄的，只有几只小鸡在母鸡的带领下在院子的一角觅食。他推开柴门，轻轻地叫着朋友的名字，朋友立即应声走出屋来，热情地把孟浩然接到房中。这是一间朝南的房子，摆设很简单，都是农家屋里常有的东西，但是却觉得非常清爽明快。临窗的地方放着一张桌子，朋友那贤淑的妻子早已准备好了几样简单的小菜，杯筷也已摆放好。主人走上前去，轻轻推开窗子，窗外的景色立刻扑面而来，院子里几株粗大的枣树正在开花，院子正中的场地上正在晾晒粮食，远处的青山也不失时机地映入眼帘。微风夹杂着泥土的气息和枣花、槐花、油菜花的芬芳，轻轻地拂着面颊，这一切都让人心旷神怡，逸然忘忧。主人拿出新酿的米酒，给孟浩然满满地斟上。他们一边喝着酒，一边聊着桑麻的长势，今年风调雨顺，想必又是一个丰收之年。孟浩然完全沉浸在农家生活的简单与宁静之中，他忘记了在追求政治理想时遇到的挫折，忘记了名利得失，就连隐居生活中的孤独苦闷也无影无踪，他完全忘情于田园之间了。在这里，他过得那么自然自在，他与这里的人们相处得那么融洽，这里的一切都让他流连忘返。

他们就这样忘情地坐着，饮着酒。不知不觉，一天很快就过去了。夕阳西斜，该是道别的时候了。主人把孟浩然送到院门口，孟浩然看到篱笆边种了许多菊花，就真诚而率真地对主人说，等到重阳节菊花开的时候，还要来观赏菊花。主人依然热情地相邀，他们就订下了下次见面的时间。孟浩然告别了主人，走在回家的路上。想到重阳再聚的约定，心中充满了期盼。是啊，这种宁静恬淡的田园生活，平易近人的农家主人，可口的农家饭菜，优美的田园景色，总是让他留恋不已。在这里，他找到了自己心灵的家园……